Wilhelm Arent

Irrflammen

Stimmungs-Nervosismen, lyrische Sensationen und Tagebuchblätter

Wilhelm Arent

Irrflammen

Stimmungs-Nervosismen, lyrische Sensationen und Tagebuchblätter

ISBN/EAN: 9783744611282

Hergestellt in Europa, USA, Kanada, Australien, Japan

Cover: Foto ©Andreas Hilbeck / pixelio.de

Weitere Bücher finden Sie auf **www.hansebooks.com**

Irrflammen.

Stimmungs-Nervosismen, lyrische Sensationen & Tagebuchblätter

von

Wilhelm Arent.

Motto:

Nicht Mann noch Weib
Und doch gebannt
In einen ird'schen Leib!

München 1893.

Druck & Verlag der Münchner Handelsdruckerei & Verlagsanstalt M. Poeßl.

Dem Dichter

Konrad Nies

gewidmet.

Motto:

So lang die Sonn' am Himmel glüht
Ein Erdenaug' noch flammen sprüht,
So lange lebt des Dichters Sang —
Er trotzt dem Welten-Untergang.

Berlin, Dezember 1892.

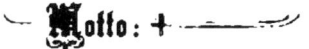

Motto: +

> „Weiter sause, Sturmes Wut,
> Weiter brause, stürmisch Blut!
> Feurig lieben, feurig hassen
> Und vom Trotze nimmer lassen!
> Ringend streben, hoch den Blick,
> Das ist Leben, das ist Glück!"
>
> Karl Henkell.

> „Alt und welk erscheint mir jedweder junge Mann,
> Dessen Herzschlag keinem Wahn entgegenfiebern kann."
>
> Graf Emmerich von Stadion.

Alzey.

Vor uns die Landschaft lag wie auf der Bühne;
Weinberge, wellig-schöne Aehrenhügel,
Wir ruhten in dem Grase der Ruine,
Der Leidenschaften Rosse stumm am Zügel . . . . .
Dann sprachst Du mir von Deinen Kinderzeiten,
Wie früh Du schon den Rausch der Liebe kanntest —
Als Knabe schon — und wie seitdem die Saiten
Des Herzens Du so oft als Künstler spanntest,
Als Virtuos im Reich der Liebe . . .
Wie Du Dein Weib in fernem Land errungen
So seltsam . . . und die heißen Sinnentriebe
Sanft mit dem Rytmus Deiner Kunst bezwungen . . . .
Darauf sprach ich von wildem Weltverachten,
Wie poesielos — nüchtern diese Zeiten,
Daß heut' die Menschen nicht den Künstler achten,
Triumphe nur dem Gaukler mehr bereiten . . . . .
Daß edele Naturen weltverloren
Heut' ohne Glück und Stern durch's Leben wallen,
Daß heute nur die Heuchler und die Thoren,
Die Zwerge nur dem Publikum gefallen . . .
Denn kleine Menschen wollen kleine Dichter!
Die lustverlor'nen Kinder uns'rer Tage
Sind ihres eig'nen Daseins Gottzernichter
Und Poesie gilt heut als — schöne Sage . . . .

So sprach ich in des Abends Dämmerungen . . .
Zur Seite träumtest Du: von Gottes Gnaden
Ein Dichter — weil Dein Lied mich hold bezwungen
Fand ich Dich jüngst auf wirren Lebenspfaden . . . . .

Was ich brauche.

Genie braucht nicht die Normen,
D'rin der Philister ruht,
Es haßt des Alltags Formen —
Braucht Taumel, Daseinsglut!
Ich brauche tolles Träumen,
In jedem Nerve Reiz,
In wildem Wogenschäumen
Spott' ich des Schicksal's Geiz!
Ich brauche heißes Jagen
Nach einem höchsten Glück,
Brauch' ew'ger Sonnen Tagen,
Brauch' göttliches Geschick!!

—>✦<—

Die Guten.

Wenn durch Hilfe Du verpflichtet
Haft den lieben Nächsten Dir,
Wenn Du seinen Schmerz geschlichtet
Und nicht schloffest dann die Thür —:
Lang noch Deine Lebenskreise
Stört der And're neidisch dann,
Weil er, daß er Dank Dir schuldig
Nimmer Dir vergessen kann . . .
Edle, große Vollnaturen
Selten spült des Lebens Strand
Sie uns zu — nur Zwergesspuren,
Undank stets der Edle fand . . . . .
Doch so war's zu allen Zeiten:
Alles Kleine haßt den Retter —
Einsam durch die Ewigkeiten
Schreiten Gute hier und Götter . . . . .

—>✦<—

Schloß Friedensruh.

(Schönberg.)

Ein Winkel, Welt und Menschen zu verträumen
Mit allen Zauberreizen der Natur,
So fern, so fern die wilden Wogen schäumen,
Hier ist nur Friede, holde Stille nur . . . .

Magnolien schatten hier, prächt'ge Platanen,
Wallnuß- und duft'ge Fliederbäume blüh'n,
Fern grüßt das Aug' des Rheines Silberbahnen,
So schön die wilden, roten Rosen glüh'n!

Hier möchte sich ein „Friedensruh" erbauen
Der Pilger, der der Erde Rund durchquert,
Hier der Natur in's milde Antlitz schauen,
Das jedem Schmerz Genesung mild gewährt!

→✳←

Liebesstimmung.

(Fragment.)

In Purpur getaucht
Schwimmen Himmel und Erde,
Warm und weich flutet
— Alle Sinne berauschend —
Der wonnige Hauch
Glückatmenden Seins . . . .
In Rosenthalen
Dufttrunk'ner Leidenschaft
Wandeln wir
Wunschlos-selig
In wonniger Seelenumarmung . . . .
Tief, immer tiefer
Senkt Aug' sich in Auge,
Seele schöpft aus Seele
Die köstliche Nahrung . . . .

→✳←

Glück.

Hab' Schönes, Edles ich zu sagen:
Ein wahres, göttliches Gedicht,
Dann rauscht um mich das Flügelschlagen
Des Genius — ich schweb' im Licht!

Dann finde ich die echten Töne
Der Leidenschaft, dann geb' ich Raum
Dem Herzen, — kühn such' ich das Schöne
Und träume keuscher Liebe Traum . . . .

❧

Capriccio.

Von vielen hundert Frauen
Möcht' ich der Sultan sein:
Ein Zucken meiner Brauen
Gäb' Blitz und Sonnenschein!

Von wilden und von lauen
Sperrt' ich manch' Dutzend ein:
Der Schönheit Reiz zu schauen,
Wie Marmor keusch und rein . . . .

Wo Asiens Himmel blauen
— Weltfern des Denkens Pein —
Von vielen hundert Frauen
Möcht' ich der Sultan sein!

❧

Herbstabend.

Letzte Sonnengluten säumen
Die echt-herbstlich-bunten Wälder,
Trüb des Flusses Wogen schäumen
Durch die nackten Stoppelfelder . . . .

Leise will die Nacht nun sinken
Auf tiefdunkle Bergesmassen:
Da — von güldnem Lichterblinken
Säh' erglänzen rings die Gassen . . . .

Wo der Häuser lichte Herzen
Klar zum Sternenhimmel grüßen:
O wie viel an Lust und Schmerzen
Diese dunklen Mauern schließen!

→※←

Regengang.

Ringsum ein Wald von Hopfen . . . .
Ich hör' den Regen tropfen
Laut auf die Latten klatschen . . .
Und durch den Lehmweg patschen
Muß ich zur Schlucht am Walde . . . .
An grüner Rebenhalde
Versteckt lehnt dort die Höhle,
Die ich zum Schutz mir wähle . . . . .
Seltsame Traumgesichte
Nah'n — fern dem Tageslichte — —
Dort den verstörten Sinnen —
Raum sie und Kraft gewinnen!
Ich träume von verwehten
Tagen auf dem Planeten
Mars, hehren Himmelswesen! . . .
Ich sehe Gottgestalten
Und fühle Geistgewalten

Die ird'schen Kräften spotten . . . .
Ich sehe lange Rotten
Von Büßern, Weibern, Kindern
Und unter all' den Sündern
Mit traurig-schönen Mienen
Wie vom Vollmond beschienen
Ein Weib, deß' himmlisch Auge
Ich brünstig in mich sauge . . . .
Dann sah ich lange Züge
Seltsamer Fratzen nahen,
Fanne mich wild umfahen,
Behaarte Ungeheuer,
Die menschlichen Gebrechen
Eitelkeit, Wollust, Lüge,
In ungezählten Schaaren
Wie biss'ge Nattern stechen
Sie mir in's heiße Blut . . .
Der Tod, ein bleich Gerippe,
Spreizt seine Knochenhand,
Kein Vorstand-Komödiant
Kennt so verruchte Pose — — —
— — Nicht Trost die Seele fand —
Doch mählig, mählig schwand
Der düst're Schwall von Regen,
Wie Schleier sich bewegen
Die grauen Nebel sanken
Und sonn'ge Lichtgedanken
Wie Duft von Lenzesblüten
Das kranke Herz durchglühten,
Das eben noch vom Bangen
Der Todesnacht umfangen . . . .
Zu neuer Lust es pochte
Gleich frischem Lampendochte
Getränket mit dem Oele
Der Sehnsucht und der Hoffnung . . . .

→⚜←

An * * *

Der Zauber der Erinnerung
Weht heiß durch Deiner Rythmen Schwung,
Noch bist Du schön, noch bist Du jung!
Was wehrst Du d'rum der Seligkeit,
Die Dir die Stunde lächelnd beut? —
Ein Narr, wer ew'gem Schmerz sich weiht;
Geh' hin, genieße Frauenglück
Und grüßt Dich holder Liebe Blick
Erwied're ihn, gieb ihn zurück!

Frage.

Sehnend strebt mein Sein Dir zu . . . .
Schau' ich je Dich, Land der Wonne?!
Kunst, Du höchste Lebenssonne,
Bring' dem wilden Herzen Ruh'! —

An * * *

Könnt' ich Dich am Busen halten!
Nur wo Deine Pulse walten
Süßes Lieb — in Deinen Armen
Kann auch ich zum Glück erwarmen!

Will das Leben sich gestalten
Auch zu sternenloser Nacht:
Wo der Liebe Pulse walten
Leben, Glück und Liebe lacht! . . .

Herbsttag.

Der Tag so trüb, so kalt und traurig,
Die Winde wehen nebelschaurig:
Eisig fröstelt's mich bis in's Mark....
Ich gehe durch die Wiesen-Fluren:
Rings weh'n des Herbstes müde Spuren
Im welken, blätterlosen Park....

→✠←

Mutter und Sohn.

Der Mutter Liebe ist so tief;
Kein Wunsch in meinem Busen schlief,
Der nicht der ihre immer war
Und doch sah nie sie hell und klar,
Warum ich dem Geschick gegrollt,
In wilder Leidenschaft getollt
Und jede Fessel abgestreift,
Warum die Kugel nachgeschleift
Dies Herz, das ohne Jugend war
Und jeder reinen Freude baar....

→✠←

Verzweiflung.

Wer Sehnsucht atmend
Liebe gab
Und dann verraten ward:
Bald hüllt die Welt sich ihm —
Schwärzer wie das ewige Chaos —
In Grabesnacht,
Sternenlos starrt der Himmelsraum
Auf den unseligen Träumer
Und jede Nerve erschauert
In unendlicher Qual....

→✠←

Untertürkheim.

Über grüne Rebenhügel
Schweben gold'ne Sterne hin,
Nacht schlägt um uns ihre Flügel,
Drückt auf uns ihr bleiches Siegel —
Stumm ich Dir zur Seite bin . . . .

Und wir tändeln weltgeborgen
Wie die Kinder . . . . Lind und weich
Wogt die Nacht! . . . . Der nächste Morgen
Sieht auf's Neue uns're Sorgen,
Sieht so mild' uns, fahl und bleich . . . .

—❖—

An einen Schauspieler.

Excelsior . . . .

Ewig strebe nach Vollendung,
So erfüllst Du Deine Sendung,
Bist Du Künstler! . . . Im Beschränken
Zeig' den Meister! . . . Selbst zu denken
Lerne! . . . . . Sei groß im Versenken
In der Dichtung schöne Flammen!
Höchstes Jubeln und Verdammen
Gieb es preis dem Traum der Menge . . . .
So aus dunkler Duselnsenge
Ring' empor Dich kühn zum Lichte —
Doch auf Erdenglück verzichte . . . .

—❖—

Nacht.

(Fragment.)

Die altheilige Mutter führt uns
Zu den süßen Schauern der Nacht . . .
Das ewige Geheimnis der Welt
Flüstert in den blühenden Zweigen
Der Ebereschen und Totenbäume . . . .
Und über den dunkeln Bergen
Funkeln Millionen Gotteskerzen,
Wie Inseln der Unendlichkeit, —
Lichtstrahlende Wunder
Des Weltenoceans
Steigen sie am Himmel empor . . . .

Melancholie.

Liebe Seele, laß mich wissen,
Kennst Du Jugend, Fröhlichkeit?
Ewig mußte ich ja missen
Fröhlich schönes Ruhekissen
Seligkeit der Kinderzeit!

Ewig muß ich darum büßen,
Daß der Genius mich geweiht:
Müd' — trotz aller Sterne Grüßen
Müd' von allen Erdgenüssen
Blieb mir treu mein Herzeleid . . . .

Liebestraum.

Wie Traum verrauscht
Der Odem der Sekunde
Im Meer der Zeit —
In den Ocean der Ewigkeit
Zerstiebt
Der kranken Herzen Seligkeit,
All' die flüchtige Lust
Im Taumel Brust an Brust . . . . .
Heißliebend häng' ich Dir
Am liebezitternden Munde,
Dein Herz fühl' ich pochen
Ruhelos — wild an das meine,
Und jauchzend fühl' ich
Wie schön Du bist . . . . .
Schweratmend saug' ich in mich
Den Duft Deiner hyazinthenen Locken,
Die wie Blütenflocken
In's Antlitz mir weh'n . . . . .
Doch schon schreckt uns jäh
Auf rauher Herbst-Hauch — —
Ueber der Wiesen Gräsermeer
Trüb und feucht
Wogen von den Bergen die Nebel her . . . .
Oede und leer
Plötzlich die vollen Herzen! . . . . .
Wie ein Riesenopal —
Gleich blutrotem Kaprubin
Der Mond rötlich bleicht
Im gespenstigen Geisterhauch
Der Herbstnacht . . . .

Kuß-Scene.

Löse das Haar . . . . Entfesselt und frei
Walle zum Nacken es nieder,
Du meine liebliche Loreley,
Du Göttin, Du Stern meiner Lieder . . . .

Leise tönt meiner Sehnsucht Schrei
In Dir, o Taube, wieder
Und kühn wie der stolze Alpenweih
Tauch' auf die Beute ich nieder.

Zum Kuß reichst Du das schwellende Rund
Deiner weichen Rosenlippen,
Ich küsse Dich auf den zarten Mund
Im Kuß Genesung zu nippen!

Im Herbst.

(Hannover 1887.)

Hoch über uns in den entlaubten Bäumen
Grüßt noch ein letzter, später Sonnenblick,
Komm', süßes Lieb, komm' laß uns ruh'n und träumen:
Die Liebe ruft den holden Lenz zurück . . . .

Die Winde rauschen Herbstesmelodieen . . . .
Tief in der Dämm'rung Traum die Seele taucht,
Fantastisch dunkle Märchenwolken ziehen —
Die Sehnsucht stumm ihr letztes Weh verhaucht . . . .

Tot.

Kalt und rauh
Kam der nordische Winter,
Schlug der Erde Kinder
Mit Wahn und Schwermut,
Ertötend all' die holden Blumen
Den grünen Teppich des Lebens . . . .
Wie ein Irr-Stern,
Der im Nebel bleicht
Verglüht in der Dämmerung Traum,
Wenn der Sonne Bild
In Nacht hinweicht:
Starb im Sturm des Lebens
Der Liebe heilige Wunderwelt . . . .
Ueber Gräber eisumstarrt
Wilder Nordsturm braust
Blutige Thränen weint
Das einsame Herz . . . .

Der Poet.

Männlich und weiblich sein Empfinden:
Kein Weib auf Erden je kann binden
Das Herz des urechten Poeten! . . . .
Nie, nie kann er die Sehnsucht töten
Nach heißer, tiefer Gegenliebe,
Blind folgt er seines Herzens Triebe,
Dem dunklen Dämon seiner Lieder — —
Zuletzt zieht in die Tiefe nieder.

Seliger Glaube.

Nichts kann mir rauben
Den holden Glauben,
Daß wir im Leben
Zusammenstreben!

Stimmung.

Wilder die Gedanken schweifen
In der weiten, wüsten Irre,
Als ob in des Wald-Schnee-Streifen
Ein verirrtes Sehnen schwirre ....

Thränen treten in das Auge
In das reine, veilchenblaue,
Daß der Winter-Wind sich sauge
Eis aus mildem Thränentaue .....

Wahn.

Der Augenblick mit seinem Purpurglänzen,
Der Augenblick — o Wonne ohne Grenzen —
Umfließ' mit Licht das thränenmilde Haupt! ....
Fahrt hin, ihr düst'ren Lebens-Konsequenzen,
Ihr Träume, denen kinderfromm geglaubt
Einst dieses Herz in holdem Jugendwahne:
Fahr' hin, Du Himmel voller gold'ner Sterne! ...
Heut' lächle mir bachant'scher Taumel zu —
Bis immer weiter rückt in Rätselferne
Des Paradieses holde Traumesruh .....

Gebet.

Ein Etwas ohne Namen,
Erhabener Gott,
Du große, unerforschliche Kraft,
Du Odem himmlischer Unendlichkeit,
Der Du so göttlich-stark
Ueber dieser kleinen Erde thronst,
Auf Millionen Welten,
In Millionen Creaturen,
In unendlicher Gestaltung wohnst:
Höre meine Stimme,
Die schwache Stimme des Klagenden —
Hülflos Verzagenden,
Höte und rette
Dein armes Kind . . . .

Moabit.

Kein Laut in der eisigen Winternacht
Nur am Himmel der Sterne goldene Pracht;

Unter den Füßen knirscht der gefror'ne Schnee,
Als höb' eine Brust sich in schmerzlichem Weh . . .

Verschollener Tage und Stunden Traum
Lebt in jedem Busch, in jedem Baum;

Fern der Großstadt funkelndes Lichtermeer
Grüßt in den Traum des Träumers her . . . .

Erkenntnis.

Dem Dämon gleich das Schicksal schlich
Und wälzte Wahn auf Dich und mich,
Dahin der hehre Liebestraum,
Wir sehen seinen Schatten kaum —
Die Seelen füllt ein großer Schmerz,
So tot das sehnsuchtheiße Herz —
Umsonst das Ringen auf zum Licht,
Der Sinne holdes Truggesicht . . . .
An jedem Nerv Enttäuschung frißt,
Cieflächerlich dies Leben ist!
Wohl spiegelt es uns Eden's Land
Und doch, das Glück bleibt unerkannt,
Dumpf ahnen wir nur seine Näh'
Als süßes Trugbild voller Weh' . . . .

Nacht.

Das große Leben in großem Styl,
Das macht die Herzen so tot und kühl;

Die Freude flieht, die Poesie
Die holde Träum'rin Phantasie —

Dahin die Hoffnung, der Sehnsucht Pracht,
Wir sehen Alles in schwarzer Nacht —

Nur dumpfer Krampf, nur Qual und Graus —
Wir wissen nicht mehr ein noch aus . . . .

Bachanal.

Überreif, ganz fin de siècle,
Lind von Grazie überhaucht, —
Nie in schalen Liebeseckel
Je Dein holder Reiz sich taucht . . . .

Wilde, heiße Orientwonnen
Schenkst Du, märchenschönes Weib;
Selig haben wir genossen,
Selig wogte Leib an Leib . . . .

Durch die schweren Samtportièren
Lugt der erste Sonnenstrahl:
Welch' ein heißes Lustgewähren,
Wildes Wonnebachanal!

Die Glutaugen müd' geschlossen —
Nur Dein Busen leise fliegt —
Wie ein Nixenleib mit Flossen
Mich Dein weicher Leib umschmiegt;

Liebend haben wir genossen,
Heiß von Jugend-Drang besiegt,
Wie im Wald auf grünen Sprossen
Zeisig sich und Amsel wiegt . . . .

Charakteristik.

Irrsterne, chaotische Flammen,
Meteore dämmernder Nacht:
Heiß fließen die Gluten zusammen
Dämonischer Liederpracht . . . .

Bald klingt es wie lockendes Werben,
Wilder Bajaderentanz —
Bald in Dissonanzen, in herben
Jäh versprüht der fahle Glanz . . . .

Und die Welt ist der Feengarten,
D'rin den taumelnden Cavalier
Die Träume des Lebens narrten
Mit ihrem Traubenspalier!

→✠←

Aschermittwoch.

(In den drei gold'nen Palmzweigen.)

O schnöder Tag . . . . Scharf, schneidend weht
Der Ostwind durch verschneite Gassen,
Durch die rauschmüde Seele geht
Ein letztes Lieben, letztes Hassen . . . .

So sonnenlos wie jetzt der Tag,
So mondlos sind die dunklen Nächte,
Hohl seufzt der Wind wie Trauerklag'
Schrill durch zerzaustes Baumgeflechte;

Zum Rosenthal die Tram mich trägt,
Weiß und bereist Baum, Haus und Teiche.
Schwermut die kranke Seele hegt,
Wie Tod die blitzgeborst'ne Eiche . . . .

→✠←

Der Geschmack der Menge.

Der, in dessen Lied es nachtet,
Dunkle Nachtviolen blüh'n:
Von der Menge unbeachtet
Bleibt sein Kämpfen, Ringen, Müh'n;

Denn die Menge nur beachtet
Jenes Dichters Talmi-Sprühen,
Der ihr Mosaik verpachtet,
Bunter Steinchen falsches Glühen;

Und die kleinsten Geisteslichter —
Leider ist es Erdenloos,
Daß zeitlebens sie als Dichter
Gelten — Dichter echt und groß . . . . .

— ❖ —

Geh' Herz . . . .

Geh' Herz, die Menschen meide!
Niemand versteht Dein Weh:
Mit Deinem Herzeleide
Fliehe der Menschen Näh';

Die Einsamkeit erwähle!
Dort find'st Du holde Ruh'!
Dem Wald Dein Weh erzähle,
Er hört Dir freundlich zu;

Die Winde leise rauschen . . . .
An jedem Waldesbaum
Glückselig darfst Du lauschen
Vielhundertjähr'gem Traum;

Natur gibt reinste Freude
Dir — still wird das Gemüt —
Bis Deinem Herzeleide
Ein lieblich Glück entblüht;

Und in der Seele Wunden
Wie milder Trost es fließt:
An Waldesbrust gefunden
Darf, wer sie keusch genießt!

— ❖ —

An eine Verlor'ne.

Deine Hand, die marmorbleiche,
Küß' ich, schöne Sünderin,
Auf Dein Angesicht, das bleiche,
Hauch' ich all mein Sehnen hin . . . .

All mein Leid, das ohnegleiche
Stirbt in holder Traumesglut:
Wenn mein Herz, das schmerzenreiche,
Dir am kranken Herzen ruht!

→⚘←

Die Anderen.

Diese Zwerge kennen das Leben
Nur im Genuß: nie sie begreifen
All' dies' hehre Himmelsstreben,
All' dies' Zagen und heiße Beben
Ferner Sterne Glanz zu streifen . . . .

Blind taumeln sie durch die Gassen,
Sie können den Ernst des Lebens nicht fassen
Und Den, den alle Welt verlassen,
Treu küßt ihn sein treuer Hund . . . .

→⚘←

Begegnung.

Hei, Hussa! Mazeppa, Curriddu!
Staub wirbelt empor!
Tripp trapp, tripp trapp —
Husch, wie der Blitz —

Naht mein Herzblatt, mein Lieb;
Rosigfrisch wie ein Morgen
Im Wonnemond, im fröhlichen Mai:
So lichttrunken und lustig
Schaut sie wie eine Fürstin
In die lenzselige Welt!

Seht, wie eine Welle
Taublinkender Gräser
Umkost die schelmischen Guck-Aeugelein
Der blauwallende Schleier!
Und jetzt, o wie herrlich! —
Tiefmetallisch erglänzt
Das Gold des venetianischen Blondhaars
Im Schimmer der aufglühenden Sonne . . . .
Mein Herz pocht überlaut! . . . .
Auf mich nur schaut
Das süße, blasse Antlitz,
Mir lächelt es Liebe
Und jauchzende Hoffnung
In's sehnende Herz . . . .
Husch! Ist sie vorbei!

Fern nur Kindergeschrei —
Dann Stille, tiefe Stille . . .
Und ich sinne und träume . . .
Meine Seele fliegt,
Wie die Wolke sich schmiegt
In des Himmels Lichtazur:
Durch die lichten Räume des Alls,
Durch die lenzduftende Flur
Zum Tempel des Glück's . . . .

Wunsch.*)

Weil ihr Nest die Amseln bauen
Und voll Rosen blüh'n die Auen
Und die duft'gen Veilchen blauen,
Möcht' ich Dich küssen, schönes Kind!

Sieh', der Sonne gold'ne Strahlen
Gülden Bach und Thal sie malen
In der Dämm'rung Licht, dem fahlen —
Süße Träume flüstert der Wind . . . .

—✦—

Mondnacht.

Auf dem schwarzen Schloßparkteiche
Flirrt das Mondenlicht, das bleiche,
Unken rufen, Frösche quacken,
Seltsam surren dort die Schnacken . . . .
Licht blitzt noch im Herrenhause,
Zofe träumt in ihrer Klause —
Wo die böhm'schen Wälder grenzen:
Mild die ew'gen Sterne glänzen . . . .

—✦—

Zu spät.

Laß ganz uns jedes Glück umfassen
Im Traumduft einer Sommernacht . . . .
Komm, küß' die Wangen mir, die blassen —
Du eilst zurück in tiefe Nacht? . . . .

Zu spät! . . . Mußt Du mich denn verlassen,
Eh' zaub'risch mir Dein Traumbild lacht?!
O liebe! — liebe! statt zu hassen! —
Aus allem Weh zum Glück erwacht . . . .

—✦—

---
*) Für Komposition.

Marburg.

Wo der Fluß in sanftem Bogen
Durch ein tiefes Laubthal rauscht.
Von der Wälder Kranz umzogen
Mit dem Himmel Grüße tauscht:
Ragt mit engen Winkelgassen
Die alte Studentenstadt,
Dunkle, wirre Häusermassen —
Zeit sie kaum berühret hat . . . .
Dort in rauchgeschwärzten Sälen
Jubelt Deutschlands Jugend hier
Und die gleichgestimmten Seelen
Finden sich bei Wein und Bier;
Derbe Witze, deutsche Zoten
Finden hier den rechten Mann,
Schneller schlingen sich die Knoten
Echter Jünglingsfreundschaft dann . .
Wildes Raufen, Zechen, Toben
Feiert wieder stolzen Sieg —
Was wär' in der Welt zu loben
Wäre kein Philisterkrieg!

Bitte.

Rhododendron und Chanen
Mische bunt zu buntem Strauß!
Wasserrosen und Lianen
Und der Totenblume Graus!

So auf wirren Lebensbahnen
Strahlt des Schönen Traumgebild,
Wie der Sterne holdes Mahnen
Ueber dunklem Schmerzgefild . . .

Antwort.

Wohl trank ich Deiner Lippen Gift,
Wie ein trunkener Opiumesser,
Dir vom Munde unendliche Küsse
Braune Adalgisa,
Deiner wilden, süßen Zärtlichkeit Taumel
Verstrickte mich in holdesten Frühling . . . .
Um Dich und mich
Woben Träume des Paradieses
Die Wunder der Tropen . . .
Doch zu lange schon weilt ich
In wonniger Trunkenheit
Im Venusberge
Dir am lüsternen Busen —
In die Arme der Musen
Ruft des Genius Stimme
Den Träumer zurück;
Nicht bachantischer Lautenklang
Kose fürder melodisch das Ohr —
Siegen will ich
Oder sterben
Dem heil'gen Gral der Kunst!

Dream.

Lenzwandeln unter grünen Buchen,
Die Welt in einem Weibe suchen,
In ew'gem Frühling träumend schreiten,
Im Glücke nie dem Schicksal fluchen
Wie schön! . . . . Millionen Sonnen tagen
Und die Nachtigallen schlagen . . . .

In der Sehnsucht Blütenhagen
Verweh'n des Daseins düst're Fragen
Wie Träume, die wir nicht vermissen! . . . .
Die Seele schwelgt in Liebgenüssen,
Von keinem Schmerze will sie wissen,
Wir ruh'n auf weichen Liebes-Kissen!

→⚬←

Aufschrei.

Weib, wenn Du wüßtest,
Was Du mir bist,
Du Weib, deß' Seele
Ich wachgeküßt,
Von dem jeder Atemzug
Mir gehört —
Du wüßtest genug,
Du wärest bethört,
Und gäbest Dich hin
In schauernder Lust —
Wie ich selig nur bin
An Deiner Brust . . . .

→⚬←

Dahin.

Gestürzt' Idol! Wie Stern' in Nebelweiten
Mir, der ich holde Wahrheit suchen ging
Entschwandest Du! Wie Nebelwolken gleiten
Hin in der Nacht tiefschwarzem Sammetring! . . .

Phantome täuschten die erdkranken Herzen! . . . .
Ein reines Glück kennt nur die Phantasie:
Sie zaubert oft uns unter Schmerzen
Das schöne Märchenreich der Poesie . . . .

→⚬←

Long, long ago.

Ein Grauschimmel vor'm Hyde-Park-Wagen
Hat leicht uns durch den Wald getragen . . . .
Der Kies rieb knirschend an den Rädern —
Wir wiegten weich uns in den Federn,
Hielten uns heiß und wild umfangen
In sehnsüchtigem Liebverlangen . . .

Liebesnacht.

O wie schön war jüngst die Nacht —
Japans bleiche Opferblume —
Du hast glücklich mich gemacht
In der Liebe Heiligtume . . . .
Sehnsucht schlug um uns die Flammen . . . .
Heißer, tiefer Wonnedrang
Führte Herz mit Herz zusammen . . . .
Um uns blühte Duft und Klang
Süßer Nachtigallenlieder . . . .
Märchenhafter Fliederduft
Zog mich selig zu Dir nieder
In der Liebe Blütengruft . . . .

Auf der Reise.

„Wahrhaft groß iſt bloß die Natur;
Die Menſchheit iſt kleinlich!"

Unn da Kla.

5*

Zyklus aus dem Eichsfelde.

I.

Umsonst.

Schöne, bleiche Königin
Düst'rer Mitternächte,
Sieh, Du nahmst die Seele hin
Mit dem Duft der Flechte,
Die zum blüh'nden Nacken rollt,
Nahmst mir meinen Frieden fort
Jüngst so thränenschwer errungen . . . .
Ach umsonst such' fort und fort
Ich den süßen Rätselhort,
Wo ich Frieden finde . . . .

II.

Morgengang.

Klatschrosen — rote Pfützen
Im vollen, gelben Korn, —
Am Abhang Berberitzen,
Wildros' und Hagedorn;

Und Dohlen, schwarze Krähen
Auf brachem Acker dort, —
Rings auf den Wiesen mähen
Die Mähder fort und fort . . . .

Wie Traum die Wälder grüßen . . . .
Zu rotem Ziegelmeer   .
Zwei klare Bächlein fließen
Von Aehrenhügeln her.

Der Kirchturm blickt verstohlen
Aus grüner Blättergruft,
Mein Herz fliegt mit den Dohlen
Und trinkt den Frühlingsduft.

Lustige Morgensänge
Murmeln die Lippen leis —
Vom blühenden Gehänge
Pflück' ich ein Blütenreis . . . .

* * *

III.

Wird das wohl Sünde sein?

(An S. B.)

Wenn ich Dich lieben muß
Wird das wohl Sünde sein?!
Dein Herz schlägt keusch und rein! —
So müde vom Genuß
Dürst' ich nach Sonnenschein,
Nach r e i n e m Seelengruß,
Nach r e i n e n Herzens Kuß,
Nach r e i n e r Lust und Pein!
Wenn ich Dich lieben muß
Wird das wohl Sünde sein?!

* * *

IV.

Deine Zeilen.

(An S. B.)

Nach Reikjavik auf hohem Meere
Wollt' jüngst — europamüd, — ich segeln,
Entfliehen ekler Daseinsleere
Der Hexe Kultur — ihren Regeln!

So müd' war ich von all' dem Ringen
In einer Welt, die ihre Gunst
Nur schenkt des Staubes nieder'n Dingen,
Zum Staube zieht die hehre Kunst!

Da las ich Deine lieben Zeilen,
— Sieh, Deines Geistes stolze Zeichen —
Und nur zu Dir, Weib, möcht' ich eilen —
Nie — fühlst Du wahr! — je von Dir weichen!

—✦—

V.

Lob des Bauern.

Von urechtem Schrot und Korne,
Lebt im Eichsfeld heut' der Bauer
Noch! Trotz rauhem Daseinssporne
Wird ihm nie die Arbeit sauer,
Und er trotzt der Götter Zorne
Als ein Freier, als ein Bauer,
Schöpfend aus der Erde Borne
In der Zeiten Wechseldauer!

—✦—

VI.

Idylle.

(Eichsfeld.)

Wo am Sims die Schwalben nisten:
Sah ich oft in Abendstunden
Treuer Elternliebe Bild
Holder Tierwelt Reiz mich grüßen . . . .
Auf den Straßen sah die Mägd' ich
Blanke Brunneneimer schleppen,
Aus den Fenstern blumumblühet
Blonde Mädchenköpfe guckten
Auf Steintreppen, Ziegelstufen
Sah in blanken Arbeitsmänteln
Weiber, Kinder ich — die Sonne
Friedlich schien sie diesem Bild
Letzte Grüße noch zu senden,
Das so lieblich-harmlos war,
Jedes wirren Truges baar —
Jedes sünd'gen Sinnenkampfes . . . .

Capriccio in drei Absätzen.

Worbis.

I.

Über die roten Ziegeldächer
Fliegen Wolken schwarz wie die Nacht.
Reich' mir gleich vollem Traubenbecher
Deiner Locken lenzduftige Pracht —
Wie ein trunken-träumender Zecher
Will ich ruhen am Busen Dir,
Bis des Orients Prunkgemächer
Spenden ihre Reize mir . . . .

Deine Augen laß mich schauen
Veilchenblau, so abgrundtief,
D'rin so himmlisches Vertrauen
Und so süße Sehnsucht schlief . . . .

Deine Wangen laß mich küssen,
Diese Wangen lilienblaß —
Ach, noch ist Dein einsam Kissen
Ganz von heißen Thränen naß . . . .

II.

Wie Diana einst im Walde
Der Barbaren jagen ging:
Sich auf blum'ger Bergeshalde
Sonnengold in's Haar Dir hing;
Herrlich schrittest Du, Dich wiegend
In den Hüften junogleich
Das Corsett so weich anschmiegend
Und das Haar so voll und reich . . . .
Hinter Dir folgt' eine Däne,
Eine Dogge tigergrau
Ganz nur Muskel, Wildheit, Sehne
Fein gegliedert, schlank im Bau.
Tambourin und Pfeifen klangen
Jetzt, ... jetzt kam das Carroussell
Und die Straßenjungen sangen
Laut dazwischen, rauh und gell.

Jauchzend wie die muntern Füllen
Liefen sie am Wege hin —
Mit des Lächelns Reiz, dem stillen
Schrittest Du als Königin.

III.

Ueber Treppen und Gelände
Ganz aus rauhem Felsgestein
Reichte ich Dir beide Hände, . . .
Führte Dich zum Schloß hinein . . .

Dicht von Waldesnacht umschlossen
Lag's mit Thürmen und Altan —
Dickmilch haben wir genossen
Als wir in die Eb'ne sah'n . . . .

Schnitter schnitten ihre Garben,
Falken kreisten in der Luft,
Keck um frischen Raub sie warben —
Leise wehte Fliederduft . . .

Und da hab' ich Dir gestanden,
Was die Seele mir erfüllt,
Der ich längst in Deinen Banden
Lieg, Du schönes Frauenbild!

※

Worbis.

Hasen oft im Kohl ich seh',
Wenn ich durch die Felder geh',
In des Morgens erstem Traum . . . .
Taufrisch grüßen Busch und Baum,
In die Lichtung tritt ein Reh —
Träum'risch blickt es auf zur Höh'
In das satte, tiefe Blau —
Vom Gebirge hin zur Au
Fließt ein Bächlein hell und klar,
Wo der Römerweg einst war . . . .

※

An . * .

Tu quoque Brutus? Auch Dich locken schnöde Fesseln?
Statt gold'ner Freiheit peitschst Du Dich mit glüh'nden Nesseln?
Erstickst die kühne Seele, die mich zaub'risch kürte,
Sie, deren Thatenzauber mich so oft verführte? . .
Dein köstlich Menschentum, das hohe, reine,
Wo blieb's? — Auch Dich zieht es hinab in's Allgemeine!

Mittag im Garten.
(25. August 92.)

Die ersten Tropfen fallen
Nach glühem Sonnenbrand
Gleich mildem Kinder-Lallen —
In's dürre, welke Land . . . .

Die Feuer auf den Bergen
Rauchen in satter Glut,
Von droll'gen Vorwelts-Zwergen
Ein Hauch auf ihnen ruht;

Die Seele heiße Thränen,
Blutige, weint sie still
Weil ihrer Sehnsucht Sehnen
Den Port nicht finden will . . . .

Mein Heim.

(Heppenheim a./B.)

Uralte Palisandermöbel,
Ein Schreibtisch — ein Vollbild von Hebel
Darüber — blütenweiße Thüren,
Der Boden riecht nach frisch Lakieren,
Rings an den Wänden Goldtapeten:
Das war der Raum, d'rin mich umwehten
So viele Wochen heiße Träume,
Das waren die Gefängnisräume,
Darin das Schicksal fest mich hielt,
Weil ich zu heiß, zu wahr gefühlt,
Zu wild die Sinnenglut gekühlt,
Den ew'gen Hunger nach der Kunst . . . .
Schon hüllt sich in Oktoberdunst
Draußen der Tannenwälder Kranz,
Des Sonnenballes roter Glanz
Haucht auf die Felder Nebeldunst
Und aus des Himmels Riesendom
Einzelner Sterne grüßend Licht
Zur Erde schaute seltsam rot
Kündend des Sommers nahen Tod . . .

—➤✠←—

Verzweiflung.

Mein Ziel, mein hohes Ziel, in Nebel will's versinken
Das flammengroße Götterbild der Kunst!
Schon bleicht es hin in fahlem Schleierdunst —
O Götter, Götter laßt mir doch die Kunst!

Seht mich in heißer Sehnsucht weinend niedersinken!
O laßt mein Herz vom hehren Born der Gnade trinken!
Schon seh' die gold'ne Burg des Ideals ich winken,
Am Horizonte tauchen strahlend auf die ersten Zinken!
Nicht laßt mich einsam, ruhmlos, fern vom Ziele fallen,
Eintreten laßt mich in die hehren Wunderhallen!

—➤✠←—

Sardanapal-Logik.

Das kranke Blut asiatischer Despoten
In meiner Adern wildem Glutstrom wühlt,
Wenn meine Hand der Sklavin Reize fühlt;
Mag, wer da will des Lebens Rätselknoten
Entwirren, mit der kalten, toten
Vernunft sich plagen, ihren Weisheitsboten —
Nur das ist Glück, wenn hell die Sonne grüßt,
Wenn Licht und Lust das trunk'ne Herz umfließt,
Das selig nur den Augenblick genießt!

Auf der Terrasse.

Immer dunkler, immer dichter
Hüllt die Nacht mich ein,
Nur des Schnellzugs rote Lichter
Glüh'n wie Geisterschein;

Und ich lese Deine Schmerzen,
Deine Sehnsuchtspein,
Wie sie floß aus krankem Herzen
In den Vers hinein;

Um mich leis in bangen Schauern
Weicher Nachthauch weht,
Weinen möcht' ich, mit Dir — trauern,
Jauchzen im Gebet! —

Waldgang.

Durch der Gebirgswälder
Wonnige Wildnis
Ging ich, —
Auf gelben Butterblumen
Wiegten sich
Zahllose weiße Schmetterlinge . .
Sei mir gegrüßt,
Du keusches, zartes Sinnbild
Gräberüberdauernder Unsterblichkeit.
Gaukelnder Schmetterling!
Ueber der Blutbuchen
Dunkles Wipfelmeer
Wogen die Himmel
Der Tropen her,
Dein tiefes, sattes Blau
Hispania! . . .
Süße Friedhofsstille
Fern und nah!
Geruhig atmet Natur,
Wie träumend
Liegt die Flur
In heiliger Andacht —
Kein Laut mißtönend, schrill,
Der an des Lebens
Rauhe Kämpfe mahnen will . . . .
Da denk' ich Dein,
Du seltsam Frauenbild,
So sanft und mild,
So stolz und wild —
So ganz des Meeres Spiegelbild
Dein weiches Herz!
Und all' meine Träume,
All' Lust und Schmerz
Möcht' ich Dir geben,

All' dies heiße Sonnenstreben,
Dies arme Leben
So qualzerrissen,
Aus dessen Finsternissen
Ich keinen Ausweg weiß . . . .

Heppenheim a./B. Sptbr. 92.

„Buch der Rosen" von S. B.

Buch der Lieder, Buch der Rosen:
Lieblich klingt es, zart und schön!
Erster Falter gaukelnd kosen
Erster Lenzeslüfte Weh'n,
Zieht das Herz zu lichten Höh'n;

Und die zarten Liedmimosen
Lieblich ihre Köpfchen dreh'n,
Rings die weiß- und roten Rosen
Lächelnd um den Leser steh'n
Und er hört ihr süßes Fleh'n:

„Eines Weibes Seelenblüten
Sind wir, Flammen zart und rein,
Einst im keuschen Busen glüten
Wir — jetzt winkt uns neues Sein!

Heißer Sehnsucht Trunkenheiten
Alles Schöne, groß und wahr
In dem Kelch, dem lichtgeweihten,
Bringen wir dem Leser dar."

Weinlese an der Bergstraße.

Dort die Männer, hier die Weiber,
Hübsch getrennt wie Schaf und Böcke,
Kräft'ge, sonnverbrannte Leiber,
Bunte Lätzchen, Unterröcke,
Rings die Trauben, prächt'ge Stöcke
Ganz behangen fast mit Früchten,
Große Kübel, mächt'ge Pflöcke,
Um nachher den Most zu richten
Und darüber blauer Himmel,
Endlos-schöne, lichte Weiten —
Welch' ein fröhliches Getümmel,
Wenn sie jungen Wein bereiten!
In die Ebene wir schauen,
Die im Herbstduft weit sich breitet —
Fernhin durch die üpp'gen Auen
Stolz der gold'ne Rheinstrom gleitet.

❈

An Konrad Nies.

Was ist auf Erden echt?
Wir sind der Menge Knecht —
Nur lebend wird uns Recht!
Und sind wir einmal tot:
Beginnt die düst're Not
Nach menschlichem Gebot . . . .
Da zerren sie uns vor
Aus dunklem Grabesthor —
Ob Weiser oder Thor, —
Seciren uns das Herz
Der Welt zum Hohn und Scherz,
Zu graben dann in Erz
Den heißen Dichterschmerz . . . .

❈

Impromptu.

Hat Dich ein Weib verraten, geh'
Vorwärts, nie schaue zurück,
Liegt hinter Dir auch Dein Glück!
Schreite vorwärts in Sonnennäh' —
Tout comprendre, c'est tout pardonner.

Capriccio.

Der Herzog von Omaha in seinem Felsennest
Verträumt den weißen Harem, verträumt die schwarze Pest.

Verhalt'ne Glut sein Odem, der seinen Vers durchloht,
Er kündet heiße Schmerzen und mitternächt'gen Tod.

Heiß liebt den wilden Träumer mein Herz, das fiebernd krankt,
Ueber dem Meer der Schmerzen als bleicher Irrstern schwankt.

Noch einmal . . .

Noch einmal in wonnig berauschender Flut
Saug' in Dich die Schönheit des Sommertag's,
Diese duftende Fülle des blühenden Hag's,
Dann tauch' in die Nacht des Verderbens — —
In der Stunde des schönen Sterbens,
Was je Du gefühlt und je Du gedacht,
Mit Dir sinkt's in leidlos-ewige Nacht . . . .
Dem Licht dann noch einmal in schöner Glut
Schenk' Deines Herzens köstlichstes Gut:
All' dies' Sehnen nach hehrer Himmelskraft —
Kranker Geniustraum voll Leidenschaft . . . .

An den Herzog von Omaha.

Wenn Du glaubst, in Sinnenbanden
Taum!' ich durch den Wahn der Welt:
Herzog, laß' uns niemals landen
Unter heil'gem Purpurzelt!

Sehnsucht stirbt, wird schnell zu Schanden,
Wenn dem Weib sie sich gesellt,
Doch die nie ein Glück hier fanden,
Heil'ge Dichterglut erhält . . . .

* * *

Orgie.

Ein Panther, der im Rausche lustvoll beißt,
Nach blut'gen, blumenfrischen Brüsten greift,
Den Duft von blühn'dem Frauenbusen streift,
Das war „er", den mein Lied als Herzog preist;

Das Lockenhaar braun in die Stirn ihm hing,
Veilchenblau seiner Augen Irrlichtglanz,
An seinem Lächeln müden Aug's ich hing —
So milde waren wir nach wildem Tanz . . . .

* * *

Ringtausch.

Der violette Amethyst
An meinem kleinen Finger
Mystisch das Sonnenlicht ihn küßt,
Den gold'nen Träumebringer.

Von Nixen träumt die Phantasie,
Von Nymphen, holden Feen —
Träume voll Märchenpoesie —
Im Nebel sie verwehen . . . . . —

Doch immer neu im Stein mich grüßt
Dein Bild, das wahngequälte,
Dein Herz, dem nur die Kunst versüßt
Das Sein, das schmerzbeseelte . . . . .

→✳←

Charakteristik.

Wie müdes Abenddämmern
In ödem, schwermutsvollem Haidetraum,
Kein Busch, kein Baum —
Wie fernes Meeresrauschen,
Wie Hauch vom Paradies;
So leis, so traumhaft-süß
Verklingt Deines Liedes
Schmerzliche Melodie;
Unirdisch naht
Dieser Duft, dieser Klang
Voll hehrer Poesie
Wie Geistergesang;
Seltsame Irrflammen
Wogen durch des Lebens Nacht,
Heißes Jubeln und Verdammen
Im Lied nur weint und lacht —
Fern dem Getümmel der Menge
Wie ein Bach aus Felsenenge
Im Herzen erwacht
Und erblüht: des Liedes Pracht . . . .

→✳←

4*

Dichterlos.

Viele seiner Lieder
Gleich herbststurmgelösten Blättern
Des Eichenbaumes —
Wirbelten sie in den Staub der Welt,
Niederem Zwergvolk ein Rätsel,
Unverstanden, mißachtet
Vom Pöbel . . . .
Doch stolz war er
Um dieses Märtyrerloses willen
Auf seiner einsamen Höhe,
Wo nur die Adler horsten . . . . .

Einem Knaben in's Album.

Was ich heut' Dir wünschen kann:
Sorge schon zur Knabenfrist,
Daß Du — bist Du einst ein Mann —
Nicht zum Weib verzärtelt bist!

Im Orient-Expreß.

Wie Freund Stecchetti schriebst Du „ode barbari"
Und doch kannst Du der Neidphilister lachen:
Ein echter Künstler bist Du, Freund Cesari,
Mit Künstler-Temprament in Traum und Wachen;

Denn wenn Dich Kärrner, feige Dutzendseelen
Begeifern, hämisch Dir den Giftpfeil senden:
Sei ruhig, wenn sich Zwerge müh'n und quälen,
Klein wärst Du ja, wenn Jene Dich verständen!

Unerfüllte Sehnsucht.

Ein Weib, der Arbeit schöne Pflicht,
Plötzlich wär' um mich Sonnenlicht,
Des Glückes reiche Segensflur . . .
Wie oft im Reiche der Natur
Hab' ich ein treues Herz gesucht,
Ohnmächt'gem Schicksal ich geflucht,
Denn — wie ich sehnend auch geirrt,
Vom Schmeichelhauch der Welt umschwirrt,
Nie fand ein Weib mein heiß' Gebet,
Das meinen heißen Schmerz versteht,
Nie fand ich Rast, ein Heim, ein Haus —
So müde macht der wüste Graus . . . .

Fahrt.

Der Blitzzug raste durch's herbstliche Land,
Deine Strophen hielt ich in schwanker Hand,
Dein Bild vor dem träumenden Auge stand;
Ich sah Dich vom Dichterwahn gekürt,
Den der Göttin Lächeln wie mich verführt —
Auch Dein Herz gottheilige Flammen schürt . . .

Weltverkühlt.

Weltverkühlt, so stimmungsmüd'
Klingt es oft aus Deinem Lied . . . .
Plötzlich ist's, als säh' ich Dich,
Wie der Gram in's Herz Dir schlich,
Wie dann langsam jede Qual
Sich Dir nähert, bleich und fahl . . . .
Und des Unglücks echtem Sohn
Schürzt die Lippe bitt'rer Hohn,
Seltsam Lächeln sie umspielt,
Das nach kranken Herzen zielt:
Blitzgleich es die Nacht erhellt,
Die da liegt auf aller Welt . . .

➤✠◄

Reinhold Lenz.

Zum 24. Mai 1892.

Geboren in Livlands Barbarei,
Prinz aus Genieland, - nie war er frei,
Trug er ein Leben voll Not und Qual,
Und Schmerzen der Seele ohne Zahl!
Dämonisch trieb es den Aermsten fort,
Von Weib zu Weib, von Ort zu Ort!
Und als müd' er entfloh dem düstern Graus,
Da gingen die Andern spottend nach Haus
Und lachten den blöden Schwärmer aus,
Der kühn um ew'ge Sonnen warb — -
Sein Schicksal mußte, als er starb!

➤✠◄

„Es muß Herzen geben, welche die Tiefe
unseres Wesens kennen und auf uns schwören,
selbst wenn die ganze Welt uns verläßt!"

Gußkow.

„Der Mann darf selbst von Erz sein,
Erheischt es sein Beginnen;
Die Frau darf selbst von Sinnen
Doch niemals ohne Herz sein!"

Julian Weiß.

München.

Wie eine schöne, kalte Leiche
Liegt München vor mir, das traumbleiche,
Mit seinen üpp'gen Prunkpalästen,
Die sich im Gold der Sonne mästen;
Der Glaspalast, Nippes, Bilder, Vasen,
Geschor'ne Parks mit Englands Rasen —
Von farbgeword'nen Künstlerträumen
Ein Meer dort, wo der Isar Wogen schäumen . . .

Am Isarquai.

Über der Isar smaragdlichtes Grün
— Wie wilde Schwäne vor dem Nordsturm flieh'n —
Düst're Nachtwolken gespenstig zieh'n —

Und die Seele, umwogt von wildem Gram,
Weint in die finstere Dämm'rung hinaus,
In den Regen hinein, in das Wellengebraus
Und wartet der kommenden Sonne . . . .

Frei.

Ich hasse jede Fessel, jeden Zwang!
Frei wie der Habicht auf die Taube stößt
Aus blauen Lüften, wie der Lämmergeier
Den zarten Säugling aus den Windeln reißt,
Wie die Lawine sich vom Gletscher eist:
Will ich durch's Leben geh'n, mein eigner Herr
Des Zufalls Sklave, Spiel vom Ungefähr,
Mein eigner König, eigner Unterthan! ...
Was stumm in Lüften wie ein Fatum droht,
Was Leben zeugt im tausendfachen Tod,
Das sei mein Sporn, mein Genius, Ideal!
Doch jede Fessel zeugt nur Höllenqual
Und brütet Wahnsinn aus, den Spuck der Nacht ....

Gebet.

So rein wie die Sterne am Himmel steh'n,
So rein bist Du und so himmlisch-schön;
Ich bete Dich an wie der Sonne Licht,
Wie eine Blume, wie ein Gedicht,
Ich bete zu Allem, was schön und gut —
In Dir mein guter Genius ruht ....

Isarlust.

Die Löwenmäuler speien
Fünffache Strahlen aus,
Schrill die Wildtauben schreien
Und künden Sturm und Braus.

Müd' wie im Traum ich schaue
Von morschem, schwankem Brett
In das unendlich-blaue,
Sturmwilde Isarbett . . .

Glühend die Adern schwellen —
Feurig wogt Herz und Brust —
Dem Sturme mich gesellen
Möcht' ich in wilder Lust:

Im Weltenmeer zerscheitern,
Im ew'gen Ocean
Dort, wo sich lichterweitern
Erde und Sternenbahn . . . .

Die Verlobte.

Du bist so schön und schlicht,
So schön wie ein Gedicht,
Die Formen rund und voll! . . . .
Ich seh' Dich an mit Groll!
Des schwarzen Auges Blitz,
Todsünd'ger Wünsche Sitz,
Kündet den Dämon an —
Der Sinne glüh'nden Bann . . . .

Würmsee.

Du grüner, stolzer Alpensee
Wie lieblich Deine holde Näh'!
So keusch, so süß-geheimnisvoll
So aller Erdenreize voll . . . .
Bald still und fromm, goldrein und klar
Wie holdes Nixen-Augenpaar,
Bald trüb nnd zornig, stürmisch-wild —
So recht der Seele wechselnd Bild:
An Deinen grünen Ufern geht
Das müde Herz mir jubelnd auf,
Dein Odem zaub'risch mich umweht,
Ich atme frei und selig auf . . .

Ikarus.

Der Leidenschaften Berberrosse zügeln,
Nicht taumelnd sich verlieren aus den Bügeln
Ein Mann in jedem Odemzug —
Hinbrausen wie auf kühnen Adlerflügeln — —
Mein Traumziel war's — ein Traum voll Lug . . . .

Wie schön am Kelch der Kunst das Herz zu letzen,
Glücksthränen mild die heißen Augen netzen —
Der Drang zum Schönen nur beseelt!
Der Menschheit Lust, ihr schaurigstes Entsetzen
Sich höchster Harmonie vermählt!

Gebetsläuten.

So feierlich die Glocken läuten —
Im Nebel träumt Gebirg und See —
Die hehren Klänge, die verstreuten,
Wecken im Herzen tiefes Weh;

Weinend gedenkt es alter Zeiten . . . .
So weltfern, einsam ruht der Ort,
So manchen Traum zu Grab wir läuten —
Das Leben spült ihn grausam fort . . . .

Staremberg, Sept. 92.

—⊱⊰—

See-Nacht.

Des Sees Wasserspiegel starrt unheimlich-düster,
In violettem Schwarz die Tiefe ruht,
Rings durch die dunklen, rabenschwarzen Wälderweiten
Ein seltsam Rauschen, Raunen und Geflüster geht,
Dort greift von Zeit zu Zeit
Der Sturm in seine Riesensaiten,
Dumpf, jäh-geheimnisvoll
So düster kündend kommenden Orkanes Wucht . . . .
Vor uns in grellem, weißem Geisterleuchten
Des Sees Haupt den Schnee der Gletscher küßt,
Phantastisch ragt der Schneelawinen Geisterfläche
Dort, wo die Riesenzinken des Gebirges
Tauchen aus mitternächt'gem Spuck hervor,
Als ging es dort zum düst'ren, finst'ren Höllenthor;
Ein Streifen tropisch-falber Dämm'rung schmiegt
Sich mählig jetzt dem fahlen Osten hin,
Rings bleiern, öde, ruhelos, kohlschwarz
Die Fluten wälzt der tote See,
Der Strichwind nagt dumpfgurgelnd an dem Kiel,
Wir träumen in die Nacht hinaus —
Uns gilt es gleich, ob wir zerschellen,
Ob wir erreichen unser Ziel . . . . .

—⊱⊰—

Dein Reiz.

Mild und sanft, geliebtes Leben,
Flammt der Sehnsucht schöne Glut,
Reich hat uns ein Gott gegeben
Sehnsucht, die im Herzen ruht . . . .

Wie die Blume sich zum Lichte
Kehrt, wie Stern an Stern erglüht,
Träumend ich zu Dir mich flüchte,
Wenn Dein Reiz mich sanft umblüht . . . .

Du auch . . . .

Wüßtest Du, Du holdes Wesen,
Was Dein Herz noch jüngst mir war,
Wie durch Dich nur kann genesen
All' mein Sehnen, heilig-wahr:

Zu mir kämst Du wie die Sonne,
Meines Lebens Frühlingshauch,
Jeder Blick wär' höchste Wonne
Und berauscht liebtest Du auch . . . .

Wie nah . . . .

Wie nah ist Unschuld oft der Schuld verwandt!
Und was ist Unschuld? Rätselhafter Traum,
Der keusche Scham nur sieht im Kindesblick,
Ein Weib, das fiel, ausschließt vom wahren Glück . . . .
Oft ist sie reiner, ja viel edler, reiner,
Als jene, die sich stolz mit Tugend brüsten
Und fröhnen insgeheim gemeinen Lüsten,
Verläugnend die Natur, den Hort der Wahrheit
Mit eklem Lug der Tugend-Heuchelei . . . .

Leoni.

(Um Staremberger-See.)

Die Pumakatze nach Giraffenweise
Patscht mit den lichten Silbertatzen leise
Am schwarzen Gitter längs des blauen See's . . . .
Und plötzlich bleibt das Tier jetzt zaudernd steh'n,
Als wär' ein Kunstwerk es geschnitzt aus Holze
Und peitscht die Flanke mit dem Löwenschweife . . . .
Nicht weit davon mit königlichem Stolze
Gleich Nubiens kühnem, braunem Wüstensohn
Legt sich die gelbgestromte Tiger-Dogge
Zu Füßen mir . . . . Der Duft der bona vida
Mischt sich dem herben Hauch der Tannenwälder,
Feucht ruh'n die frischgemähten Riesenfelder;
Stumm träum' ich, seh' die blauen Kräuselwellen
Des Bergsee's träum'risch-leis am Quai zerschellen —
Die Seele atmet hehren Wonnestunden zu,
Sie, die die stolze Herrin jüngst gefunden . . . . .

See-Geheimnis.

Traumversunken seit Aeonen
Birgt ein Schloß der grüne See,
Holde Nymphen dorten wohnen —
Manche blaße Wasserfee . . . .

Gold'ne Nixenhaare fluten
Magisch in der Wogen Schaum,
Weicher Lippen Purpurgluten
Küßt des Mondes sanfter Traum;

Sametweiße Lilienarme
Oeffnen sich wollüst'gem Kuß:
Leise wogt der Leib, der warme,
Sanft hinschmachtend im Genuß . . . .

Selges Glück umfängt den Milden!
Er verträumt die Ewigkeit
In dem Arm der Nereiden
Losgelöst von Raum und Zeit. — —

Schloß Berg.

Dort, wo der kranke König in die Flut gegangen,
Wo scheidend von der Welt den Tod er stumm empfangen,
Stand lang ich sinnend vor dem hohen Martersteine,
D'ran die banale Meng' beschmutzt des Wappens Reine.
Ich sah ihn selbst, der so geliebt die Kunst, das Schöne,
Entweiht hier seiner letzten Stunde düst're Scene —
Ich fühlte, alles Großen Los auf dieser Erde
Ist, daß der Menge Raub es werde . . . .

Bitte.

Schließ' mich ein in Dein Gebet,
Kindlich-süße Frauenseele,
Deren Odem mich umweht
Und mich schirmt vor Schmach und Fehle;

Wie ein Stern im tiefen Blau
Strahle mir im Traum der Zeiten,
Bis ich selig Dich nur schau —
Dein für alle Ewigkeiten . . . .

Morgenstimmung.

In einem sommergrünen Park
Lag ich im ersten Morgenweh'n,
Mein Herz schlug kühn und adlerstark:
Die Welt — wie war sie sonnenschön . . .

Der Erde ganze Herrlichkeit
Sah ich zu meinen Füßen blüh'n
Und meine Schmerzen flogen weit
In's lichte Blau, in's üpp'ge Grün ....

Oberammergau.

Fast auf einem jeden dieser Gesichter
Liegt es wie Abglanz von Jünger und Dichter,
Madonnenhaft-weich gehen diese Linieen,
Aufwachsen die Weiber schlank wie die Pinieen.

Fromme Andacht grüßt hier auf allen Wegen —
Leis' fühl' ich der Sehnsucht Blume sich regen,
Zu Dir treibt mich ein beglückender Glaube,
Du sanfte, zärtliche, schüchterne Taube ....

Du liebst mich.

Zart küßtest Du mich auf den Mund,
O Weib, Dein Herzblut gabst Du kund ...
Du liebst mich, Du liebliche Liebe!

Rein und keusch bist Du, wie ich's geträumt,
Meiner Sehnsucht heiße Woge schäumt
Um Dich, Du liebliche Liebe ....

Geh' mit mir.

Laß' mich Dir Eines jubelnd sagen:
Ich will Dich wie auf Händen tragen,
Nur geh' mit mir und sei mein Weib!
Mein Fühlen will ich rein Dir geben,
Mein ganzes, schmerzgequältes Leben,
Nur geh' mit mir und sei mein Weib!

Das Märchen-Schloß im Regen.

Ein Hain von Rosen, Astern, Georginen,
Das rote Weinlaub rankt sich zum Altane,
Der kranke König lebte seinem Wahne
In diesem Thal, d'rin nie die Sterne schienen.

Den Regenmantel und die Kautschukschuhe
Knöpf' fester ich, weil es mich fröstelte,
Der Regen an dem Schirmdach nestelte,
Erhaben wogt die feierliche Ruhe —

Cyclopen gleich die Gletscher eisig — kalt —
Zum Himmel türmen ihre Riesenwände —
Kein Kuhhorn hier, kein Zuruf mehr erschallt —
Der Wand'rer wähnt, hier sei die Welt zu Ende . . . .

Ober-Ammergau.

Das Märchenschloß Marokko,
Die Burg der Frau von Hillern
Wie Traum des Orinokko
Zu mir herüberschillern;

Rings liegt das Felsenthal
Der heiligen Passion:
Manch' hölzern Martermal
Winkt frommer Andacht Lohn
Dort wo der Mond jetzt fahl
Blinkt auf der Erde Sohn . . . .

Stimmung.

Ich sah des Weltalls goldenen Flammenriß
Vor mir gähnen, ein Rosengrab —
Der Muscatschimmel fraß knirschend in's Gebiß
Und kante Champagnerschaum ab . . . .

Tief dem Hengst in die triefenden Weichen gab
Ich den Sporn, daß er wiehernd stieg,
Bis er blutend raste den Hügel hinab,
Ich hielt ihn — mein war der Sieg . . . .

Staffelsee.

Zum Himmel ragen schroff die Wände
Der Felsen, grünen Mauern gleich . . . .
Sie reichen ihre starren Hände
Des Himmels blauem Sonnenreich —
Die Gletscher grüßen kalt und bleich . . . .

Der Staffelsee schlingt seine Wasser
Um üppig-grünes Inselland . . . .
Die weißen Nebel wallen blasser
Dort, wo niemals der Schnee noch schwand
In fernem, unbekanntem Land . . . .

Fischzug.

Mit frischen Fliegen und Piratzen
Zogen wir auf den Fischfang aus,
Falsch schlichen wir uns wie die Katzen
In's Schilf, in's winz'ge Bretterhaus;

Wo die Wildente — nah dem Flusse —
Tiefschwarz und silbergrau gefleckt,
Dem Jäger scheu auffliegt zum Schusse
Haben wir unser Netz gesteckt.

Rings blühten gelbe Wasserrosen
Und bleiche Lilien friedlich-schön,
Fern hörten wir den Gießbach tosen,
Wild-brausen wie Gebirges-Föhn . . . . .

—→∷←—

Fragment.

Stück für Stück muß sich das echte Weib ergeben,
Das sich selber nimmer noch verloren —
Oder blitzgleich siegt die holde Leidenschaft
Der Sinne, heischend tausendfaches Leben.
Wo Liebe hinfällt, Lieb' sich festgebissen,
Treuliebend harrt sie da dem Ansturm einer Welt
Und trotzt der Hölle grausen Düsternissen . . . .

—→∷←—

Früh-Stimmung.

In einer Nacht, wo gold'ne Sterne fielen
Zur Erde, sah ich Dich, den Nachtwind spielen
Mit Deinen roten Locken, bleiche Gluten
Des Mondes in das Meer der Zweige fluten.

Wir faßen ftumm und fah'n zum blauen Himmel
In das unendlich-gold'ne Sterngewimmel,
Ein Wehen ging rings durch die lichten Weiten,
Als wollten Engel ihre Flügel breiten . . . .

Vierzeiler.

Um die Güter diefer Welt
Kämpfen fie und leiden
Und doch ift das Sternenzelt
Sitz der Götterfreuden!

Abend am See.

Der Mondregenbogen fteht über dem Thal
Goldhell, er verblaßt zum Silberopal . . . .
Des Sees Flut wogt wildwonnig empört,
Wollüftig der Sturm die Baumriefen zerftört . . . .

Durch die Nerven riefelt erfchauernd die Luft
Sich zu wiegen an weißer Wogenbruft,
Zu finken, zu trinken der Waffer Grund -
Zu baden das fturmkranke Herz gefund . . . .

Schickfal.

Manchmal unter taufend Seelen
Eine ift, wir möchten wählen
Sie zum Freund, zum Seelenretter,
Doch dann wehren es die Götter;

Bis zur nächsten Straßenecke
Mit Gleichgilt'gen oft wir wandern,
Eine kurze Wegesstrecke,
Doch dann schütteln wir den Andern
Ab, uns packt ein jäh' Ermüden —
Und wir scheiden gern — in Frieden.

Wandel.

Gleich, so kalt und erdentrückt
Dich die Dichterkrone schmückt —
Der Erkenntnis tiefer Born
Hat der Qualen scharfen Dorn
Dir in's Herz gedrückt — Dein Herz
Kennt nur noch der Menschheit Schmerz.

Sehnsucht.

Du meine seelisch-sinnliche, liebliche Liebe,
Zu Dir zieh'n mich tausend wonnige Frühlingstriebe,
Dir möcht' ich all' meine Lust und Schmerzen geben,
In Dir leben, Du Liebe, ein zweites, schön'res Leben!

Rückkehr.

Der Regen rauscht und rauscht hernieder,
Da bin in meinem Heim ich wieder,
In meiner Staremberger Klause —
Mir ist's, als wäre ich zu Hause
Und Dein gedenk' ich, stolz und edel,
Du bleiche, liebliche Blonde . . . .

Oktober-Abend.

Auf die Veranda fallen
Der Sonne müde Strahlen,
Seltsam die Nebel wallen
Im Sonnenglanz, dem fahlen . . . .

Der Wälder düst're Lauben
In feuchtem Brodem liegen:
Nur Raben, wilde Tauben
Und schwarze Krähen fliegen . . . .

Doch wo die Berge schwinden
Im Nebelduft der Ferne:
Sturmdüst're Wolken künden
Ein Nachtbild ohne Sterne . . . .

→⚶←

See-Gang.

Die Posthornschnecke grasgetigert
Auf Kies und Rasenhügeln liegt
Dort wo sich — dem Gebirg verschwiegert --
Der See dicht an die Alpen schmiegt,

Dort ging ich, wo die See-Anlage
An mandelförm'ge Bucht sich lehnt,
Im Herzen manche heiße Frage
An Dich — wir schieden unversöhnt . . . .

→⚶←

Impromptu.

Der Künste stolzen Rubicon
Ich hab' ihn überschritten,
Nicht Farbe lockt mich, Marmor, Thon —
Nur das, was Menschen litten.

→⚶←

Dann . . . .

Der Stolz, der Reines, Edles will,
Wenn er Dein Selbst Dir wahrte,
Dann halte jeder Schmach Du still,
Die Wahn Dir offenbarte!

Du weißt, zur Größe strebt mein Sinn,
Daß Lüge ich verachte,
Nach reiner Herzenskönigin
Mit reinem Herzen schmachte!

Wenn wahr Du bist, wenn gut Du bist,
Will ich Dich ewig halten,
Doch wenn Dein Lieben Lügen ist
Die Hölle Dir gestalten!!

→⚬←

Boot=Fahrt.

Mit waschechtem Mascagni-Shlips
Aus feinstem, ind'schem Seidenrips
Und echtenalischer Sportmannmütze
In grau-carriert mit gelbem Schlitze,
Blaugestreifter Matrosentaille,
Die Römerbroche aus Emaille:
So kamst Du jüngst lächelnd zu mir.
In einem Boote fuhren wir
Weit, weit, — tief in den See hinaus
Und ließen Schmerz und Wahn zu Haus.

→⚬←

Ein Kuß.

Spitzt die Lippe sich zum Kusse:
Klopft das Herz in schnellern Schlägen,
Schwelgt die Seele im Genusse
Allen Wonnen kühn entgegen;

Und der Seele Kräfte regen
Zärtlich sich im tiefsten Grunde:
Liebe schenkt den schönen Segen,
Daß das kranke Herz gesunde . . . .

Bellmann.

Ohne innern Halt, zersplittert
Sein Thun, sein ganzes Streben
Von ew'ger Qual umzittert
Sein kunstverfehltes Leben . . . .

Stumm schleppt er ohne Klagen
Sein Herz so reudurchschüttert —
In wilden Liederklagen
Sein Schmerz nur dumpf gewittert . . . .

Rückkehr.

Wieder bin ich im Leib der Riesenstadt,
Einsam, so totmüde, so hoffnungsmatt —
Chimärischer Träume so übersatt . . . .
An unendlichen Faden fort ich spann:
Das Bild des Lebens wie Nebel zerrann —
Weiß nicht, ob ich glücklich noch werden kann?! . . .

Motto:

„Nie zu rasten, nie zu ruh'n
Und doch nie in's volle Leben
Einen festen Schritt zu thun:
Zu erglühen im Bestreben,
Zu erliegen im Versuch,
Weh mein Herz, das ist Dein Fluch! . . . "

„O Du Alles nivellisierende flutwelle Zeit,
wie dank' ich Dir, daß Du mir mein krankes,
stolzes Ich erhältst!"

Guglielmo.

Der Poet.

Mondfahl-verkühlt Dein Angesicht
Träumt von versunkener Sonnen Licht,
Welten voll Schmerz und Seligkeit,
Die Deiner Sehnsucht Lied Dir leiht . . . .
Doch niemals ward Dein Träumen wahr;
Gewartet haft Du Jahr um Jahr,
Ob nicht das weite Erdenrund
Ein Herz nur trägt, dem Dein's wird kund!
Umsonst, sie sind aus and'rem Blut —
Dein Herz im Schooß der Träume ruht . . . .

→⚬←

Fragen.

Du bleiche Blume des Orients,
Südlich-magische Schöne,
Warum naht Dein Bild mir
In süßen Träumen?!
Und Deine Augen,
Diese dämonischen Sterne,
So unergründlich,
Proteusartig:
Was künden sie,
Die rätseldunklen?!
Lachen sie?
Weinen sie? —
Lächeln sie unter Thränen?! — -- —

→⚬←

In der Riesenstadt.

Weltstadtbrodem! Rings Maschinen!
Dumpf und wirr braust's durch die Gassen,
Menschlein summen wie die Bienen
Zwischen ries'gen Häusermassen . . .

Nur an sich denkt stumpf ein Jeder!
Längst versteint sind hier die Herzen —
Leerer stets und immer öder
Fühlst Du Dich mit Deinen Schmerzen! . . .

Einz'ger Abgott sind die Sinne! . . .
Dämon Mammon peitscht sie Alle —
Und Du wirst's tiefschmerzlich inne:
Fielst in eine Mausefalle! . . .

Weil Du frei von niedern Trieben,
Frei von Neid und Haß der Andern:
Find't Erfüllung nie Dein Lieben —
Mußt Du ewig einsam wandern!

* * *

Der Edle.

Der Edle wandelt weltverloren,
Doch nie gesellt er sich den Thoren;
Wo die Weltmenschen taumeln, glänzen,
Dort findet er der Menschheit Grenzen . . . .
Sein Geist erschaut das große Sterben,
Wo jeder Odemzug Verderben —
Des Krieges schaurige Posaunen
— Die Völkerspiel' von Herrscherlaunen —
Dumpf-gell ihm in die Ohren klingen —
Ihm zeigt der Weltuhr Zeigerschwingen:
Komödie das ganze Leben
Und ungekrönt des Edlen Streben . . . .

* * *

An einen Poeten.

Was ist wohl Dein Ende, sag' an, Poet?
Manches Weibes Reiz hat Dich lodernd umweht,
Zu den Sternen drang oft Dein heißes Gebet —
Bist Du tot, heißt es bald: versunken, verweht . . .

→✼←

Zum 24. Dezember 92.

Weihnacht, altheilige Weihenacht
Flutet zur düsteren Erde,
Des Himmels zitternde Sternenpracht
Lockt zum ewigen Heimatherde;
Und was das alte Jahr uns gebracht
An Schmerzen und Grambeschwerde
Und was die Seele glücklich gemacht,
Stirbt, damit Friede werde . . . .

→✼←

Dichter und König.

Der König will, dann wird gewollt,
Der Dichter nur im Verse grollt,
Einsam bleibt stets er, sturmumtollt —
Dem König Jeder Ehrfurcht zollt . . . . .

→✼←

An Giovanna.

Was nahst Du fragend mir, bleich wie Astarte,
Gehüllt in düst'res, schwarzes Trauerkleid?!
Wohl mancher Traum die durst'ge Seele narrte,
Doch jetzt wird er zur holden Wirklichkeit!

Denn die ich Tag und Nacht sehnsuchtsvoll nenne,
Die jede Erdenwonne mir schließt ein,
Die als Geliebte ich, als Weib erkenne,
Sie naht und will mein Glück, mein Himmel sein!

Hagen, Dezember 1892.

Manchmal.

Manchmal grüßt uns aus alten Zeiten
Jählings ein Duft, ein Klang, ein Wort,
Bilder dem Aug' vorübergleiten,
Lang, lang verschollen .... Am alten Ort
Der alten Stätte neu wir wandern
Wie einst — — so tot ist jed' Gefühl,
Es ist, als säh'n wir einen Andern,
Einst war's Tragödie, jetzt ein — Spiel!

Woran das Herz einst hing, was Leben
Und Tod uns schien so viele Jahre,
Es hat uns nicht den Rest gegeben,
Gleichgiltig steh'n wir an der Bahre
Des toten Glücks. Und weitergehen
Kaltlächelnd wir durch dieses Leben — —
Das heiße Herz es lernt verstehen:
Glück liegt im Augenblick! Kein Streben,
Kein Ringen führt zu Licht und Frieden,
Denn problematische Naturen
Zieh'n im Erdenland hienieden
Wie Meteore ihre Spuren!

Lied.

Mein Lieb, siehst Du am blauen Himmel
Die vielen tausend, tausend Lichter?
So klar vom gold'nen Himmelszelt
Schau'n sie herab zur kleinen Welt!

Und Liebchen, siehst Du dort den Dichter,
Wie er Dein Bild in Händen hält,
Wie Thrän' um Thrän' dem Aug' entfällt,
Ein sanfter, holder Schmerzzernichter? . . . .

Deutz=Köln (Sylvesternacht.)

→⚬←

Sylvester=Stimmung.

Mich täuschen Welt und Leben
Mit jedem Tage neu,
Und doch, das heiße Streben
Nach Edlem bleibt mir treu!

Sind auch die Menschen Schatten
So wesenlos wie Rauch:
Ich muß dem Licht mich gatten,
Ich fühle Gott mich auch;

Ich fühl', daß all' mein Sehnen
Ein hehres Ringen ist,
Dem nie die heißen Thränen
Ein holdes Glück wegküßt . . . .

→⚬←

Vision.

Eisschollen treibt lautlos der Riesen=Strom,
Wie bleicher Schnee liegt der Mond auf dem Dom,
Ein Wald von Säulen gigantisch hebt
Zum Himmel sich, von Nebeln umschwebt . . . .
Der Schnee auf den Dächern im Sternenlicht
In seltsamen Lichtern sich funkelnd bricht,
Nur manchmal ächzt es wie Wehelaut,
Wenn das Eis an den Brückenpfeilern sich staut . .
So stand ich im alten, heiligen Köln
Am Rhein unter lauter lust'gen Gesell'n,

Der Karneval schlang sein Narrenseil —
Doch ich sah blitzen ein Henkerbeil,
Auf der Liebsten Nacken fiel es herab —
Mein Liebesphantom verschlang das Grab . . . . .

Worms.

Käuflich allen schnöden Lüsten
Sitzen die verlor'nen Frauen
Da, halbnackt, mit bloßen Brüsten,
Aufgeputzt wie bunte Pfauen;
Und mit müden, läss'gen Gesten
In der Sinnenliebe Auen
Dienen sie dem ersten Besten —
Bist Du Mensch: faßt Dich ein Grauen . . . .
Auch sie hatten eine Jugend
Diese müden, kranken Weiber,
Einst ein Herz und eine Tugend,
Doch jetzt sind sie tote Leiber . . . .

Charakteristik.

Reinhold Lenz, der Rivale Göthe's.

Was er that,
That er nur halb,
Wie im Traum! . . .
Weil Sehnsucht ihn trieb
Hintaumelnd von Gefühl zu Gefühl! . . .
Das Leben war ihm
Ein blutiges Gauckelspiel —
Ein willenlos Träumen,
Bis zum fernen
Düsteren Ziel,
Dessen Inhalt
Niemand weiß . . . .

Spazierfahrt.

Mein Blau Dog Cart, wer will es kaufen
Mein schwarz Halbblut, silberplattiert?
Von Weitem schon hör' ich es schnausen,
Wenn es der Groom am Zügel führt . . . .

Vorüber fliegt's mit Windeseile
Blitzgleich an Busch und Baum und Ried,
Bis immer schneller Meil' um Meile
Wie flücht'ger Traum vorüberzieht . . . .

Leis' jetzt im Winde rauschen Tannen . . . .
Italiens Himmel mich umblaut . . .
Und weiche, weiße Wolken spannen
Ein Glückzelt, d'raus die Liebe schaut . . . .

Winterbild.

Schön sitzt sich's an Wintertagen
Hinter eisbeblumtem Fenster
An dem knisternden Kamine,
Wenn des Schnees weiße Flocken
Magisch durch die Lüfte wirbeln
Und zu holdem, trauten Plaudern
Traumhaft lockt der bunte Tanz . . . .
Auf den Dächern und Balkonen
Funkeln Millionen Perlen,
Den schönsten Diamanten gleich . . . .
Schwerbepackt die junge Mutter
Eilt zum häuslich-trauten Herd,
Pfefferkuchen, Aepfel, Nüsse,
Spielzeug bringt sie für den Liebling,
Für den nahen Weihnachtstisch . . . .

6*

Also wogt es in der Stadt . . . .
Und vielleicht zur selben Stunde
Betend, daß es Frühling werde,
Sät der Landmann in der Erde
Schoß den Keim der jungen Triebe . . . .
Freud'ge Hoffnung ihn beglücket
Bis der Tag der Ernte kommt
Und er gold'ne Aehren pflücket . . . .
Schnell verrauscht der Stunden Traum!
Wohl dem, der in sich'rer Bucht
Aus des Lebens Sturm gerettet
Lebt mit einem lieben Weib,
Das ihn sanft auf Rosen bettet,
Ihn mit milder Lieb' umkettet,
Dessen Knie des Kindes Unschuld
Süß umtändelt . . . . Gold'ner Friede
Weiht seines Hauses Räume,
Macht ihm jeden Tag zur Freude —
Gibt den Frühling ihm im Winter . . . .

Schnee-Gang.

Grau in Grau so schwer der Himmel hing,
Ohne Ende Schnee zur Erde ging;

Rings lagen die Straßen weit und breit
In weißem Kleide, tiefverschneit;

Ich ging zu Dir, doch Du flogest aus,
Allein war ich in dem öden Haus —

Und düst're Schwermut in's Herz mir schlich,
Mit wildem Ingrimm haßte ich Dich . . . .

Bitte.

Leib- und Seelengeliebte Du,
Süßer Atem meiner Nächte,
Du Weib, dem die Blüte des Leibes
Von der Lust des Mannes
Noch ungebrochen blüht,
Du, in der die keusche Vesta-Flamme
Der Sehnsucht lodernd glüht,
Dürstend nach dem ersten Gatten-Kuß,
Nach dem seligsten Genuß . . . .
Wahre, wahre, o Weib, das holde Geheimnis
Deines jungfräulichen Leibes,
Deiner himmlischen Reize!
Nur mir, nur mir sei es dargebracht,
Wenn die seligste Stunde naht
In lauschiger, seliger Sommernacht,
Wenn Leib an Leib sich schmiegt
Und die Seele im Paradiese erwacht!

❧

Abschied.

Dein Auge blickt so kalt und klar:
Nicht weiß ich, ob Dein Lieben wahr? —
Gemisch von Kälte, Frost und Glut
Hast Du an meiner Brust geruht! . . . .
Nun scheiden wir — süß' Herz, leb' wohl,
Das Leben ist so flach und hohl:
Doch uns zum Inhalt werde jetzt,
Was uns bisher als Spiel ergötzt . . . .

❧

Am Sonntag.

Stets krank' am Sonntag ich ... Freund der Natur
Hass' ich der Menge flache Alltagsspur,
Die sich einprägt dem holden Reiz der Flur,
Vergiftend zarter Schönheit reines Bild . . . .
Dies Wimmeln, Ameisenkriechen, Toben,
Banale Freuden-Jauchzen von Mikroben,
Dies Stampfen, Wuseln, wüste Lärmen, Winken,
Herumtrotten, in tier'sche Rohheit-Sinken,
Dies Schieben, Drängen, Stoßen blöder Massen,
Abstößt es fein'ren Sinn vieltausend Mal! . . . . .
Doppelt dann aus dem Staub der Großstadtgassen
Sehn' ich zu Dir mich, holde Einsamkeit,
Nach Deinem Traumduft Haideseligkeit!
Rings bleiche Birken, Weiden, grünlich-grau,
Von tausend Faltern, Blumen bunt die Au,
Das schwirrt und surrt und singt und klingt! . . .
Der Sonne warmen Odem trinkt
Der weite, blaue Himmelsdom! . . .
Lind weht der Haide Duftarom
Und ich, ich lieg' großäugig da,
Als ob ich Mekkas Zinnen sah,
Der Sehnsucht holdes Paradies,
Den Garten Eden, (d'rin das Glück,
Die blaue Wunderblume blüht:)
Aus dem der Mensch vertrieben ward,
Von ew'gem Daseinskampf genarrt . . . .

Sie hat Recht.

Sie, die als Sangesnachtigall ergötzt
So oft das dankbar-jubelnde Parterre
Sapristi — Diable   Sacre   millestonnerres —
Ist eines Leichenschneiders Gattin jetzt . . . . .

Doch sie hat Recht . . . . im hehren Heiligtum
Des Egoismus als Prinzessin ruh'n,
Das Leben zu verträumen, Nichts zu thun —
Was ist dagegen Kunst und Künstlerruhm?

→※←

L'un et l'autre.

Der Eine nimmt das Leben schwer;
Bald lockt nichts Irdisches ihn mehr,
Kein Glück, kein Erdenstreben!
Der Andere im Genussesmeer
Vertraut dem holden Ungefähr:
„Nur einmal währt das Leben!" . . .

Der Eine — Weltmensch und faiseur —
Als ewig-lächelnder poseur
Muß er durch's Leben schweben;
Der And're geht einsam einher,
Die Welt um ihn so glückesleer —
Doch Träume ihn umschweben,
Die Träume einer bess'ren Welt;
Trost hat sein Herz gefunden,
Daß alle Erdenwunden
Und Qualen unter'm Sternenzelt
Dort, wo des Edelen Entgelt,
In Harmonie gefunden.

→※←

Weltlauf.

Wie Figuren auf schwankem Brette
Treibt's die Menschen hin und her:
Leidenschaft sucht sich ihr Bette,
Wilder Lüste wildes Heer . . . .

Manche alternde Kokette
Lockt den Seladon sich her,
Mancher, der da geht zur Mette,
Taucht in des Genusses Meer;

Doch so war's zu allen Zeiten:
Alles Edle wie ein Hauch
Stirbt es, stumm vorübergleiten
Seh'n wir's, wie ein Nebelhauch . . . .

Der Roman am Ausgang des Jahrhunderts.

Heil Euch, großen Realisten
In dem scheidenden Jahrhundert!
Hoffnungslose Pessimisten
Seid Ihr — nie genug bewundert!

Die Nachtseite dieses Lebens
Steigt aus Eu'ren Büchern auf,
Der Verzweiflungsschrei: Vergebens —
Denn die Welt geht ihren Lauf.

All' die Schmach des Egoismus,
All' der Wahnsinn nach dem Glücke
Lebt in Eu'rem Pessimismus
Ohne Vorwärts und Zurück;

Fatumgleich, wie Schatten wallen
Eu're Menschen auf und ab,
Bis sie aus des Lebens Krallen
Sinken in ein ruhmlos Grab!

Wunsch.

Hätt' Frauen ich wie Sand am Meer —
Als Sultan wär' ich glücklich nur!
Mein Lieben wär' wie 's tiefe Meer!
Blind folgte ich der Hindin Spur
Bis in den Rosenduft der Flur;
Die blütenschwang're Südnatur
Streut' ihren üpp'gen Segen aus
Bis an mein gold'nes Haremshaus.
Und was mir je die Phantasie
An holden Himmelsträumen lieh:
Auf Erden wär' es Wirklichkeit —
Denn eines Sultans Macht reicht weit!

In seiner Weiber Armen,
Bei seinen Sultaniden
Der Sultan schon hinieden
Vergißt so Welt als Leben! . . .
Des Busens Duft, dem warmen,
Wild jauchzt sein Herz entgegen!
Dem Traum der Sinne geben
Muß er — aus vollem Herzen
All' seine Freuden, Schmerzen . . . .
Der Schönheit Schleier heben
Muß er mit heißem Beben
Von vielen hundert Leibern
Des Orients schönsten Weibern —
Stets neu — im trunk'nen Triebe
Der nimmersatten Liebe! . . .

Nur manchmal noch.

Weltverkühlte Pilger . . .
Nur manchmal noch
Holder Traumduft sie narrt
Aus verscholl'ner
Seliger Zeit . . .
Einst war es anders
Im Frühling der Herzen . . .
Einst mit freier Stirne
Jauchzend sie schritten
Wie Könige
Durch die Menge . . .
Sie, die da litten
Auf Erden wie Wenige
Im Kärrnergedränge der Menge,
Im Meere des Alltags . . .
Ihre Herzen dürsteten heiß
Nach holder Gegenliebe
Im öden Getriebe
Der kalten Welt . . .
Doch jetzt, jetzt tragen
Sie ohne Klagen
Des Genius Schmerzen.

Der Schrift „stehler."

Ein Wust von Papieren . . . .
Ein wüstes Schmieren,
Ein Harrangnieren
Der Herren Collegen,
Ein steif Bewegen
Auf dem Parquette
Wie auf dem Schachbrette,

Ein flegelhaft Schimpfen,
Seine Meinung Ein-Impfen
Im litterarischen Streite,
Ein Mensch, der längst Pleite
Mit jedem Ideale —
Prototyp für's Banale —
Der Menge vorflaust,
Daß die Muse ihn laust,
Das ist so ein Dichter
Vom modernen Gelichter,
Das die Großstadt gebiert!
Der Alles schmiert,
Wenn der Verleger hold
Es ihm zahlt mit Gold . . . .

—•⚬•—

Das entschleierte Bild zu Sais.
(Das moderne Theater.)

Wer da hinter die Coulissen
Einmal tiefer sah: gern missen
Möcht' die Kunst er — Nichts mehr wissen
Von dem Künstler! . . . . Denn das Treiben
An der Bühne, dies Beweiben,
Neiden, Trügen — zu beschreiben
Ganz unmöglich — Ehrabschneiden
Und viel hundert and're Leiden:
Aermsten Kärrners Sein zu neiden
Treibt es oft den Mann von Ehre!
Denn die Kunst, die hohe, hehre,
Ward zur ecklen Schmerzgaleere,
Die da führt in Not und Schande . . . . .
Glänzend strahlen ihre Gewande,
Doch nur Fesseln sind's und Bande,
Nur im Traumgebiet der Scene
Lebt zuweilen noch das Schöne —
Hörst Du noch der Wahrheit Töne!

—•⚬•—

Amerikana.

Heidelberg — Amerikana,
Schönes Blondweib voller Race,
Mein warst Du, mein süß' Nirwana,
En profil, en cœur, en face.

Wenn die Shetlands Du regiertest,
Zierlich wie ein very sportsman
Und den Dalmatiner führtest,
Flüsternd sagtest: „you can!"

Ganz in schwarzer Crefeld-Seide
Gingst Du mit dem fleck'gen Tier,
Gelbe Rosen vorn am Kleide,
Ein Demant als Busenzier.

Also schrittest Du zum Garten,
Wo die Pußtakinder flott
Nur des Wink's der Herrin harrten
Zu lustwildem Czardastrott.

Täglich sannst Du neu auf Streiche,
Täglich Tanz, Champagner, Ritt,
Nur Dein Angesicht, das bleiche
Zeigte, was Dein Herzchen litt.

Die voi d'or klang oft umschleiert,
Wenn mit leisem Zuruf Du
Irland's Bleßhengst angefeuert
Auf die Waldbarrièren zu;

Wie ein Meteor auf Bahnen,
Die zum Abgrund führen hin,
Durft' ich Deine Schmerzen ahnen,
Blonde Herzenskönigin.

Das Glück.

Augenblicke des Glück's,
Wie selten erblüh'n sie im Erdentraum
Schwachen Sterblichen!
Durch undurchdringliches
Qualen-Dickicht
Von Dorn zu Dorn
Hetzt König Schmerz
Der Erde Kinder,
Wie bleigetroff'nes Wild —
Bis in die zähen Sumpflachen
Des Elend's.

❊

Nach der polnischen Revolution.

Lerchentrunk'nes Haidedämmern,
Melancholisch Weidenrauschen,
Als ob tausend Särg' sie hämmern,
Düsterer Vernichtung lauschen! . . .
Leises Schluchzen, müdes Weinen,
Todestraurig-dumpfes Grollen —
Keiner Sonne Freudenscheinen
Nacht nur — und Gewitterrollen!
Blutige Zweifel, wildes Trauern,
Müde, halberlosch'ne Gluten,
In des Urwald's Tiefen kauern
Sie, die toteswund verbluten! . . .

❊

Das Schlachtfeld.

Zwischen Riedgras, Ginstersträuchen,
Am umbuschten Hügelsaume,
Wächsern der Erschlag'nen Leichen,
Starren wie in tiefem Traume.

In der Mondnacht Schnee, dem bleichen,
Unter blüh'ndem Apfelbaume
Ruh'n in gold'nen Strahlenreichen
Sie, in ew'gem Dämmertraume.

→✠←

Der Kaukasier I. Klasse.
Satyrischer Monolog.

Die Maurin Rahel
(— Eine mag're, schlanke Odaliske
Geistreich, chic, glutäugig,
Folgsam wie eine Hindin —)
War mein Genußweib
In Stunden, da mir wie Saul
In hamletischem Düster
Das Weltbild verschwamm . . . .
Eine Fuchsstute,
Zierlich, elegant,
Mit 'ner Blesse
Lenkt' ich dann
(— Zur Seite der Mätresse
Ich, der weiße Mann! —)
Und dann fuhren wir
Hinaus aus dem Steinmeer,
Wo der Parkanlagen grüner Gürtel
Der Weltstadt ewig flutenden Braus umschlingt . . .
Hui, wie flog
Der Dog Cart, wie bog
Sich der Federn Schwung! — —
Pritsch! siehst Du, Bengel,
Das war für die Frechheit
Des Anhängens!
So knallt die Peitsche
Weglung'rern um die Ohren!
Dämischer Junge,
Ich bin Aristokrat,

Ein moderner Lebensvirtuose,
Voll und satt!
Ich hasse den Pöbel,
Die hungernde Canaille,
Dreckig, schmutzig,
Verkommen!
Was schiert mich die Daseins-Bataille?
Ich brauche euch höchstens
Als Füllsel und Staffage
Neronischer Launen!
So verpassche ich meine Tage
Auf Schwanendaunen
Im blühenden Genußmeer der Sinne:
Ein moderner Haremsfürst —
Ein Kaukasier I. Classe . . . .

—✦—

Mondnacht.

Der bleiche Mond, der rötliche Mars
Schütten ihr Licht über die Ebene hin . . . .
Ueber die üppig blühende Natur,
Ueber des Lebens wonneatmende Spur
Weht ein Meer süßen Sinnengenusses . . . .
Die Erde badet im Tau der Nacht
In Blumenduft und Sternenpracht . . . .
Venus, die bleiche Königin,
Flimmert im bläulichen Geisterschein
Ueber der Blutbuchen Wipfel her,
Ueber das wogende Blättermeer
Der Nachtigall wonniger Liebessang
Mit berauschend sehnsüchtig-lockendem Klang
Grüßt er das Ohr . . . . Stumm Wang' an Wang'
Leis pochen die Herzen Brust an Brust,
In selig-trunkener Liebeslust
Seh'n sie den Morgen tagen . . . .

—✦—

Künstlers Erdenwallen.

Champagnerschaum sprüh'n die Triebe
Des Künstlers, sein heißes Fühlen!
Champagner des Künstlers Liebe,
Irrflammen, die nie verkühlen!

Ein Tag nur, dann jäh' verrauschen
Die heißen Blumen der Lust
Und einsam der Künstler muß lauschen
Dem Schlag der eigenen Brust!

———

Schicksal.

Was das Leben chaotisch zusammenbraut
Dies Gemisch von Wahn und Sünde,
Wenn im Herbst sich der Bäume Grün entlaubt,
Zerflattert's in alle Winde . . . .

Einen Sommer währte der holde Traum —
Nur genossen, daß jäh' er schwinde ---
Einmal erblühte der Liebe Baum
Im Paradiese der Sünde . . . .

———

Schaal.

Schaal welkt die höchste Erdenlust
Atmen wir an des Ew'gen Brust
Im Glanze aller Sonnen!
Schaal sind der Venus Wonnen,
Schaal jeden Tages Traum und Trug,
Der ew'ge Taumel voller Lug!

———

Abschied vom Leser.

Mich tragen keine Genieen mehr empor,
Mich bannt der Schmerz, der düst're Gott der Erde,
Die Phantasie entfloh mir! Ihrer Flügel
Geheimnisvolles Rauschen ist verstummt!

———

Drei lyrische Urgenie's.

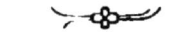

Ein Profa-Anhang.

Motto:

Nullum magnum ingenium
sine mixtura dementiae fuit!
Seneca.

„Deutschlands Freude, Livlands Stolz" — „Der amerikanische Böklin" — „Der Weingott des Nordens."

Der Psychiater Lombroso sagt in seinem bekannten Werk „Genie und Wahnsinn" (Reklam Nr. 2313—16 Vorrede p. 6) klipp und klar etwas, was schon 1769 ein völlig unbekannt gebliebener Jesuit divinatorisch in seinem Werke „Del entusiasmo nelle belle arti" behauptet hat — „daß der Genius immer ein Nervenzustand ist, der nicht selten mit demjenigen der Irrsinnigen übereinstimmt" — und führt erdrückende Belege an. Auch das Erdenwallen der drei lyrischen Originalgenie's Lenz, Poë, Bellmann, von welchen in Nachfolgendem auf Grund der soeben erschienenen Neu-Ausgaben und Neu-Ueberſetzungen eine pſychologiſche Silhouette angedeutet werden soll, bietet für dieſen heut wohl unbeſtrittenen Hauptſatz des italieniſchen Profeſſors (welcher nur in manchen Teilen ſeines verdienſtvollen Buches zu pedantiſch auf unſicheren Notizenfuß) eine Fülle von intereſſanten Beweismitteln.

Durch den Nachlaß des Freiherrn Wendelin von Maltzahn iſt da zunächſt ein Breslauer Univerſitätsprofeſſor in der Lage, faſt 100 Jahre nach dem Tode des unglücklich geweſenen Dichters, endlich die erſte Geſamt-Ausgabe der „Gedichte von J. M. R. Lenz (Berlin, Wilhelm Herz, 1891) herauszugeben und der Gemeinde von Lenzverehrern zu widmen, welche ſich im Laufe der letzten 30 Jahre auf Grund einer heftig entbrannten Fehde im Lager der Litterarhiſtoriker teilnahmsvoll um dieſen unglücklichen Goethe-Rivalen geſchart hat . . . . . .

Vor mir liegt ein Pracht-Exemplar in hübschgetigertem, rotbeschnittenem Liebhaber-Einband und jene eigentümliche Genie-Epoche, wo in die Odeurs der Roccocco-Periode die bleichen Nebel Ossians, der herbe Inselduft, die ursprünglichen Naturmelodieen Shakespeare's hineinwogten, wo Alles mit Rousseau an den Busen keuscher, unentweihter Natur flüchtete und in erbittertem Kampfe mit „mamselle la règle" lag, um dann wieder in uferlose Siegwart-Sentimentalität zu zerfließen, steigt lebendig-plastisch vor meinem geistigen Auge auf.

Enthusiastisch vertiefe ich mich in den jungen Lenz. Welch' ein übermütiger Genieton in Lenzens Komödie, seinen satyrischen „Chries" — ganz wie beim jungen Göthe — durch alle Register der litterarischen und wenn nötig persönlichen Ironie (vide die Wolken)! Wie echt klingt der edle, mannhafte Zorn gegen den greisen, lüsternen „Jugend-Verderber" Wieland („Matz Hörter" — Eloge de Feu Monsieur .... N D)! Aber den wirklichen, echten Lenz mit seinen ergreifenden, aus der Tiefe eines totwunden Gemütes heraufgeholten Naturlauten, den weist uns doch nur die Beichte seiner auch jetzt — nach mehr als 100 Jahren — gleich elementar wirkenden Lyrik.

Lenzens Psyche zerfloß — vom Odem idealer Liebesleidenschaft berührt — förmlich in Lyrik. Seine Lyrik war ein fortwährendes Verbluten der besten Seelenkräfte. Die tiefergreifende „Klage eines verlorenen Lebens" fand selten eine rührendere Resonnanz wie in der echt Lenzischen Strophe·

„Ach ihr Wünsche junger Jahre
Seid zu gut für diese Welt —
Uns're schönste Blüte fällt,
Unser bestes Teil gesellt
Lange vor uns sich zur Bahre!"

Wohl hatte der Dichter recht, so zu klagen, denn Lenz ward — wenn je Jemand — sein Genie zum Fluche. Er trug zeitlebens den Kainsstempel des Genies. In der Liebe, im Ruhm, im persönlichen Glück überhaupt, überall zog er Nieten, weil ihm die Natur in die Wiege einen Geist gab, der ihn auf Erden nie zur Ruhe kommen ließ.

„Wem die Natur, die erhab'ne, aus ihrer unendlichen Fülle
Mannesfinn gab und ein Herz, thatenbegierig und heiß,
O, der fall' auf die Knie' und dank' der Göttin mit Zittern,
Denn ein gefährlich Geschenk hat sie dem Staube
       vertraut!"

So singt, Lenzens Dasein im Auge, Frhr. v. Sonnenberg,
ein Dichter, ebenfalls ein „Verfehmter der Litteratur", der in
Jena 1805 durch Selbstmord endete . . . . . .

Wie mächtig packen aber auch Lenzens oft formlose, aber
immer wahre Seelenergüsse! Da ist nichts forciert, erkünstelt,
reflectiert! Vom Augenblick geboren atmen sie den Stimmungs-
duft der Zeugestunde. Welche außerordentliche Einfachheit des
Ausdruckes, große, symbolische Schönheit, gepart mit lieblicher
Wehmut, zeichnet sein „Lied eines schiffbrüchigen Europäers"
aus! Da zeichnet er sein eigenes Schicksal, den sozialen und
künstlerischen Schiffbruch in Deutschland, fern der Heimat die
Verbannung, die Sehnsucht nach dem livländischen Pfarrhause
zu Seßwegen, welches er einst „aller Schicksalsahnungen voll"
verlassen hatte und nie mehr als ein Glücklicher, ein geistig
Gesunder wiedersehen sollte!

Eben jenes „Erbteil" von Seiten der Eltern im Bezug
auf Gesundheit, über das Lenz sich zeitlebens zu beklagen hatte,
machte ihn zum Dichter . . . . Den hochgespannten, hysterischen
Augenblicken überreiztester Liebesextase entsprangen gerade jene
Liebesblüten, deren Duft uns noch heute entzückt.

Göthe spricht in „Dichtung und Wahrheit" von dem
halben, allerseits geduldeten, ja „geliebten" Wahnsinn unseres
Dichters und schlägt dafür das englische Wort „whimsical" vor.
Wie Tasso litt Lenz entschieden an angeborener hochgradiger
Hypochondrie. Schon sein erstes Werk „Die Landplagen" bestätigen
dies auf jeder Seite und die Sache, welche an Göthe's „Innerstem riß",
ihn 1782 nach Italien pilgern ließ, deren deutliche Spuren, die Tragödie Tasso aufweist, ist das Schicksal Lenzens, welches sich auf dem
glatten Parquett des Weimarer Hofes entschied. Der „wirre
Kranich" wurde zum flügellahmen Aar, — wie einst Ovid — zum,
durch bis heute nicht aufgeklärte Verkettung, für ewig zum Hofe Ver-

bannten, zum Schustergesellen und Genossen eines Konrad Süß, zum hülflosen Pflegling des Philantropen Oberlin im schnee- und eisumstarrten Steinthal.

Im Bezug auf Lenzens Liebesverhältnis zu Friederike Brion, Cleophe Fiebich, den Frauen Waldner, Frau von Stein, Julie von Albedyll u. s. w. passen daher die Worte aus meinem Werk „Gedichte" (Berlin 1880):

> „Mein Lieb', wie bist Du so krankhaft-schön,
> Wie die flammende Sonne anzuseh'n!
> Ich bin der ruhelose Komet,
> Der an der Sonne zu Grunde geht . . ."

Der Leser ergänzt: an der Sonne der Dichterliebe! Welch' ein Bild: die bleiche, götheverlassene Friederike, welche am Herzen des „liebenswürdigen" Lenz „Vergessen" sucht! Den aber treibt der Ehrgeiz fort nach Weimar, Berka, Kochberg, wo er ein par Wochen im „traulichsten" tête-à-tête mit Frau von Stein im „großen, göttlichen" Shakespeare liest, dem Herzog Karl August das Leben rettet, wie das von Karl von Hollei in seinen 300 Briefen an's Licht gebrachte Autograph an Maler Müller mittheilt, scheinbar der Höhe des erträumten Glückes zum Greifen sich nähert, um dann — gleich Ikarus — an dem Dämonischen der eig'nen Natur sicher zu Grunde zu gehen.

Lenzens Wollen und tragisches Schicksal spiegelt treu die Ode „An die deutsche Dichtkunst", wo er die Götter flehentlich um Verzeihung bittet, „daß auch er es gewagt, zu dichten." (Weinhold S. 163 ff.)

> „O, ich schmeichelte mir viel
> Als nur dunkles Morgenrot
> Von dem braunen Himmel um mich lachte
> Junge Blume, so dacht' ich,
> O was fühlst Du für Säfte emporsteigen
> Welche Blume wirst Du blühen am Tage
> Deutschlands Freude und Livlands Stolz —"

Diese Zeilen wirken doppelt ergreifend, weil sie aus der Moskauer Zeit stammen. Sie sind kurz vor dem Ende geschrieben,

als dem einsamen, völlig verlassenen Dichter, welchen doch nie —
nach dem Zeugnis völlig Unbeteiligter — ein „edler Stolz"
verließ — der Alkohol den letzten Rest gab. Mit Georg Büchner
und Wilhelm Bennecke ruft der Leser erschüttert aus: „welch'
edler Geist ward hier zerstört!" (Ophelia über Hamlet.)

Und doch, wer alle Einzelheiten des äußeren Lebens-
ganges, alle psychologischen Aeußerungen, wie sie die Tagebücher
und lyrischen Konfessionen des Dichters gewähren, verfolgt, dem
scheint Alles ein vorherbestimmtes Fatum und er ruft zweifelnd
aus: Wo fängt die Schuld, wo der Wahnsinn an, wo hört die
Verantwortlichkeit der genialen Natur auf?

Diese letztere brennende Frage beleuchtet noch greller,
schärfer-umrissen das Leben und Schaffen des „amerikanischen
Böklin." So möchte ich den von der Tradition — gleich dem
Robert Greene — fälschlich als wüsten Süffling hingestellten
Edgar Poë bezeichnen! Hedwig Lachmann hat den Dichter zum
erstenmal uns Deutschen in einer hübschen Auswahl lyrisch
vermittelt. (Ausgewählte Gedichte von Edgar Allan Poë, Berlin,
Verlag des Bibliographischen Bureau 1891.)

Wohl ist so ziemlich jedem Litteraturfreund das wunder-
voll phantastische Poëm unseres Dichters „the Raven" mit dem
immer wiederkehrenden Refrain des jedesmal unwillkürlich neuen
Schauder erweckenden „nevermore" bekannt, aber was sonst von
seiner Lyrik? Höchstens die stofflich gepfefferten Prosaergüsse,
welche Reclam bot, kennt das große Publikum!

In Poë steckt ein Gemisch von allem Möglichen. Eisige
Verstandeskühle, wie sie unserm deutschen, weinzechenden, karri-
katurenzeichnenden „Devrient" und „Gespenster-Hoffmann" —
mit Himmel und Hölle zugleich in Bewegung setzender Phan-
tastik — eigen war (Phantasiestücke in Callot's Manier), also
eine Phantasie, die unter'm Eise brütet à la Hebbel — ein
grausiges Schwelgen in den übernatürlich grellsten Farben-
mischungen eines Grasgrün, Schmutzig-Violett und Eidottergelb
(cf. das Poë'sche Poem „Das verwunschene Schloß" und Ludwig
Walloth-Brochüre, Lpzg., Wilhelm Friedrich 1892) und dann
wieder der lieblichste, an Grillparzer und Byron mahnende,
musikalische Lyrismus wie in der Apostrophe „An Zante" (p. 59):

„O schönes Eiland, das den holden Namen
Der Blumen allerlieblichster entlehnt,
Du weckst in meiner Seele wundersamen
Erinn'rungszauber, den ich tot gewähnt!
Wie viele Stätten namenloser Wonnen,
Wie viele Schatten von verwehten Träumen,
Verlor'nen Hoffnungen — —
O Hyacinten-Insel, goldne Zante,
Isola d'oro, fior di levante!"

Summa summarum: „Das dichterische Reich Edgar Poë's
liegt in dem verschwommenen Zauberreich, wo die Konturen der
Wirklichkeit mit den Schatten der Phantasie zusammenfließen.
Von den geheimsten Kundgebungen der Natur ausgehend, spinnt
Poë zwischen ihr und der Menschenseele phantastische Fäden."
(cf. Hedwig Lachmann p. 9.)

Poë reißt als Dichter fiebrisch an „aller Rätsel Schmerz-
vorhang" (Phantasus von Arent), hier eine Verbindung mit dem
unbekannten Reich des Todes, „aus deß' Bezirk kein Wand'rer
wiederkehrt". Calderons „Das Leben ein Traum", Grillparzers
„Traum ein Leben" bilden das so oft phantastisch, titanisch über-
schwängliche und innerhalb dieser Sphäre doch wieder streng
logisch variierte Thema Poë'scher Verzerrungen, dieser halluci-
natorisch veranlagten, wild und kühn ausschweifenden und doch
wieder haarscharf kombinierenden Phantasie, deren Eingebungen
man gar bald anmerkt, daß Alkohol sie nährt.

Poë starb ähnlich wie Lenz. Während dieser im halb-
asiatischen Moskau in eisiger Winternacht in einer Gasse erstarrt
aufgefunden und von einem Universitäts-Prosektor für die Herren
Studenten zu Uebungszwecken verschnitten wurde (cf. v. Stevers
„Vier neue Beiträge zur Biographie von Jakob Lenz", No. IV,
Lenzens Tod: Riga 1879), ohne daß ein Einziger der
Beteiligten wußte, daß da vor ihnen die Psyche
eines einst Göthe und Herder würdigen Genius dem
gequälten Leibe entflohen — starb Poë im Hospital
zu Baltimore, nachdem ihn in einer Schiffskoje auf der Fahrt

nach New-York, im Kreise von Spielern und Zechern erneut das
Delirium tremens gepackt hatte . . . .

Auch hier wieder eine Eminenz künstlerischer Begabung,
ein „düsteres Weltbild," nicht so sehr das Ergebnis einer mit
göttlicher und menschlicher Ordnung nach und nach in immer
schärferen Konflikt geratenen Persönlichkeit, als die dichterische Wiederspiegelung einer angeborenen Phantasiethätig-
keit, welche, nur der Nachtseite des Lebens zugewandt,
dem kranken Phantasten ein „düsteres, dem Wahnsinn nahes
Land erschloß, in dem finstere Genien hausten", kein Glück,
kein Friede, keine Heimat wohnte.

Wahr sagt daher ein neuerer Dichter, Karl Ludwig:

> Der Dichtung stolze Urgenie's
> Nur in der Freiheit Traum sie atmen,
> So frei wie Haide-Könige,
> Wie Inselvögte, freie Grafen" . . . .

Diese Freiheit suchte Poë zeitlebens wie die Günther und
Lenz, aber er fand sie nur im Tode.

> „Alexei Kolzows Hirtenflöte
> Troff von Ukraine-Morgenröte
> Rußlands Buddhageist lebte d'rin,
> Schwermütiger Erlösersinn . . . .
> Burns Seele schwamm in Schottlands Wäldern,
> Poë ging durch grause Höllenschlünde,
> Daß er das letzte Rätsel finde" . . .

Auch Michael Bellmann, Pfdn. Fredmann, der
Weingott des Nordens (übertragen von P. S. Willatzen, Bremen,
Heintins Nachfolger 1802), der „Dritte im Bunde" dieser lyrischen
Originale, dessen von Witz, Laune und Geist sprühende, jauchzende „Epos" die Folie nordisch-schwermütiger Naturschilderung
doppelt hinreißend macht, der genialste aller Bachus-Sänger
starb ebenfalls — „daß er das letzte Rätsel finde" — als Opfer
des Trunkes.

Zu der fünfzigjährigen Jubelfeier der schwedischen Akademie
im Jahre 1836 verfaßte der berühmte Dichter der Fritjof-Saga

Esaïas Tegnér einen Festgesang, der die hervorragendsten Zierden des heimischen Parnasses aufzählte. An dritter Stelle wird dort Bellmann mit den Versen eingeführt:

> „Gebt Raum, gebt Raum dem Weingott des Nordens,
> Gesang umspielt den geweihten Mund,
> Er kommt, der herrlichste des Dichter-Ordens,
> Kommt schalkhaft dort in froher Nymphen-Bund!

Noch heute schwankt in Schweden das Charakterbild des Dichters, von der Litteraturhistoriker Haß und Gunst verwirrt. Aber trotz pfäffischer Anfechtung lebt der unvergleichliche Genius, seine Lieder leben im Munde aller Volksschichten und ihren großen Sänger ehren täglich neu die „Besten der Nation“.

Bellmann ist, im Gegensatz zu Lenz (dessen Lyrik gleichwertige Dramatik zur Seite stand) und Poë (dessen Lyrik zuletzt im Novellistischen aufging), der reinere Lyriker. Mit Bellmann — das kann man getrost auf Grund der Berichte der Zeitgenossen und der auf die Nachwelt gekommenen Lieder behaupten — ist der größte Improvisator aller Zeiten zu Grunde gegangen. Die Wiege der von feurigster Sinnlichkeit durchtränkten „Fredmanns Episteln“ war eben das Dunst-Milieu, das Rembrandt'sche Halbdunkel der veritablen Kneipe; die Helden — neben dem Sänger — sind lauter Philister von Fleisch und Blut, die dazu gehörigen Melodieen fließen dythirambisch hin, wie Wasser eines Gebirgsbaches, und „hoch vor Allen“ thront im grünen Kleid die „Krone“ aller Kellnerinnen, die „herrliche“ Ulla Winblad, die durch Bellmann unsterblich Gewordene. „Ein Strahl der Dichtersonne fiel auf sie, so reich, daß er Unsterblichkeit ihr lieh.“ Man lese Verse wie die folgenden:

> Ulla's runder Arm winkt Grüße,
> Weiß das Bein und rot die Füße,
> Himmelblau ist ihr Gewand . . . .
> Ulla Winblad, du der Schwestern
> Wildeste, laß uns dich lästern:
> Täglich selest neu Du Braut u. s. w.

oder: Ulla, mein Lieb, willst Du, daß ich Dir reiche
Köstliche Erdbeer'n in Milch oder Wein?
Willst Du lebend'ge Karanichen vom Teiche,
Willst Du vom Bach ein Vergißmeinnichtlein?

— — — — — — — —

Nie ist Wein und Weingenuß mit solcher Kraft der unmittelbaren Begeisterung besungen worden! Sehr richtig führt daher auch P. S. Willatzen, welcher den Weingott des Nordens geradezu meisterhaft verdeutscht hat, in seiner Eingangsstudie das Urteil Fryxells an: „Rücksichtslose Liebe zu bacchantischer Lebensweise war bei Bellmann eine unerläßliche Vorbedingung für hinreißende Meisterschaft in der Besingung des Weingenusses, aber zugleich eine unausbleibliche Ursache zum persönlichen Untergang des Dichters!"

Also auch hier bei Bellmann wieder das alte Lied: Hohe, Alles überragende Dichterschaft auf Kosten völliger Zerrüttung des Nervensystems! Allen drei vorgenannten Dichtern ist ein gewisser Halbwahnsinn eigen gewesen, eine unerschöpfliche Produktivität bei krankhafter Reizbarkeit, rastloser Wandertrieb und daher ewiger Ortwechsel, fortwährende Betäubung durch Alkohol, fortwährender Wechsel in den Liebschaften, ein Ehrgeiz, dessen Devise „Biegen oder Brechen, Alles oder Nichts, Sturz oder Gipfel" hieß, bis zu dem tragischen, in halbe Umnachtung getauchten Ende, in welches das düster-brennende, visionäre Halbdunkel des Alkohols-Wahnsinns hineinschimmert.

Wie sagt doch — Dichterwahn und Dichteregoismus so trefflich charakterisierend — in übersprudelnder, weinumnebelter Laune — Bellmann in Refrain seines göttlichen Nota-Bene: „Schönheit ist mir Lebensbrot, Nota-Bene — bis zum Tod!"

Im berechtigten Egoismus des Künstlers, in dichterischer und künstlerischer Schönheit leben und sterben, sich in der Poesie vom Weltschmerz gesund baden, das war — à la Hedda Gabler jüngsten Datums — das Motto dieses eines Grabbe, Devrient, Hoffmann und Norbert Burgmüller würdigen Sängers und Zechkumpans.

→✳←

Inhalts-Verzeichnis.